集英社オレンジ文庫

映画ノベライズ

かぐや様は告らせたい　～天才たちの恋愛頭脳戦～

羊山十一郎

原作／赤坂アカ

映画脚本／徳永友一

本書は、映画「かぐや様は告らせたい　～天才たちの恋愛頭脳戦～」の脚本に基づき、書き下ろされています。

CONTENTS

KAGUYASAMA HA KOKURASETAI
TENSAI TACHI NO RENAI ZUNOSEN

KAGUYASAMA HA KOKURASETAI

映画ノベライズ

かぐや様は告らせたい

── 天才たちの恋愛頭脳戦 ──

TENSAI TACHI NO RENAI ZUNOSEN

人を好きになり、告白し、結ばれる。

それはとても素晴らしいことだと誰もが言う。

だが、それは間違いである。


たとえばデート代はもちろん男性が負担し、同棲《どうせい》しているわけでもないのになぜか彼女の部屋代と生活費まで支出し、会うたびに彼女に携帯の通話履歴とメッセージをチェックされる……。

男性は愛《いと》しい恋人のためにせっせとバイトし、稼いだ金は彼女のもの。そして生活のすべてを管理され自由などどこにもない——

そんな女王蜂《じょおうばち》と働き蜂のようなカップル。


あるいは家事はすべて女性が行い、彼氏はデート中でもソシャゲをし始め、かと思えば胸元が開いた女性とすれ違えばガン見する……。

女性は愛すべき彼のために身を粉《こ》にして働き、その労力は当然のものとして感謝もされない。そして、そんな男性に文句を言うことも許されない——

そんな王様と奴隷《どれい》のようなカップル。

このように、恋人たちの間にも明確な力関係が存在するのだ。
搾取《さくしゅ》する側とされる側、尽くす側と尽くされる側。
つまり、勝者と敗者という関係が、常に二人の間には横たわっているのだ。
好きになる、好きになられるというのは明確なパワーバランスの序列である。
好きになるということは魂《たましい》の隷属《れいぞく》であり、告白とは魂の降伏宣言に等しい。
もし貴殿が気高く生きようというのなら、決して敗者になってはならない。
――恋愛は戦《いくさ》。告白したほうが負けなのである！

第1話

『かぐや様は誘わせたい』

私立秀知院《しゅうちいん》学園。

かつて貴族や士族を教育する機関として創立された由緒正しい名門校である。

貴族制が廃止された今でなお、富豪名家に生まれ、将来国を背負うであろう人材が多く就学している。

そんな彼らを率い纏《まと》めあげる者たちが、凡人であるなど許されるはずもない。

『第67期　私立秀知院学園生徒会長就任式』

全校生徒の集められた講堂に、高々とそんな垂れ幕が掲げられていた。

まさに今、この瞬間、新たな生徒会長が誕生したのである。

羨望《せんぼう》と祝福の拍手を送りながら、生徒たちが注目しているのは壇上《だんじょう》にある一組の男女の姿だ。

――秀知院学園生徒会副会長、四宮《しのみや》かぐや。

総資産二〇〇兆円。四大財閥《ざいばつ》の一つに数えられる『四宮グループ』。その本家本流、総《そう》帥《すい》、四宮雁庵《がんあん》の長女として生を享《う》けた正真正銘《しょうめい》の日本を代表する令嬢。

芸事、音楽、武芸、いずれの分野でも華々しい実績を残す『天才』である。

彼女の私生活は彩《いろど》りに満ちている。

ある日のかぐやは、自家用ジェットで飛び立ち、アラブの石油王たちと会食する。

また別の日は、集められた外国人をもてなすために日本舞踊を踊る。

あるいはセレブの集《つど》う晩餐会《ばんさんかい》でバイオリンを奏でる。

はたまた別の日には馬に乗り、流鏑馬《やぶさめ》を披露するのだった。

世界の上流階級と親しみ、彼らからその才能を認められているのが、四宮かぐやという少女なのだ。

四宮家は日本国の心臓とも呼ばれる名家の中の名家である。かぐやはその長女として、ふさわしい人生が与えられている——いや、義務づけられているのだった。

そして、その四宮が支える男こそ、秀知院学園生徒会長、白銀御行《しろがねみゆき》。

質実剛健、聡明英知、学園模試は不動の一位。全国でも頂点を競い、天才たちと互角以上に渡り合う猛者《もさ》。

多才であるかぐやとは対照的に勉学一本で畏怖《いふ》と敬意を集め、その模範的な立ち居振舞いにより一年生ながら生徒会長へと抜擢《ばってき》されたのだ。

白銀が校長から受け渡されたのは、代々生徒会長に受け継がれる純金飾緒《しょくしょ》である。

飾緒とは軍服などに使用される太い飾り紐《ひも》のことだ。この純金飾緒は、戦時下、かつての秀知院学園出身の将校たちが戦没者の章飾《しょうしょく》から金箔《きんぱく》を集め作ったものだと言われている。

この純金飾緒の重みは秀知院二百年の重みである。

白銀はこの純金飾緒を得るために、多くのものを犠牲にしてきた。

かぐややその他大勢の生徒たちと違い、白銀は一般家庭の出身である。いや、むしろ平均的な家庭よりも経済的にやや苦しい部類に属する。

なぜなら白銀の父は職業不定の風来坊《ふうらいぼう》であり、母は家を出てしまっている。そんな白銀家に秀知院学園の膨大な入学金と学費が払えるはずもなく、白銀は学力特待生制度を利用していた。

さらに白銀は学業の合間に新聞配達や倉庫整理などのバイトをして糊口《ここう》をしのいでいるのだった。

恵まれた家庭に生まれた同世代の友人たちに、嫉妬《しっと》を覚えてしまうこともある。

しかし、そんな白銀にも一つの誇りがあった。

二カ月前、一学期の期末テスト結果が電光掲示板に映し出されたときの光景だ。今でも忘れられない。

一位、白銀御行。

二位、四宮かぐや。

　このわずか二行の文字が、白銀のすべてと言っても過言ではない。これを手にするために、白銀はあらゆる努力を重ね、骨身を削って勉強したのだ。

　このたったの二行の文字が、白銀の精神的支柱であった。

■■■

　今や白銀とかぐやは全校生徒の注目の的であった。

　幼等部から大学までの一貫校である秀知院学園において、白銀は高校からの中途入学生である。

　つまり、白銀は入学してから半年ほどの期間で、全校生徒に「この男こそ生徒会長としてふさわしい」と認められたことになる。

　秀知院学園の長き歴史を紐解《と》いても、中途入学生が生徒会長となったのはわずか三名だけである。これだけ見ても白銀御行という男がどれほど非凡なのかはうかがい知れる。

　さらに驚くべきなのは、四宮かぐやが副会長を引き受けたということだった。

　秀知院学園の生徒会長は全校生徒による投票で選ばれ、副会長や書記、会計といったその他のメンバーは生徒会長による指名で選ばれることになっている。

　かぐやは誰もが認める才女であるが、四宮家の長女として多忙な日々を送っている。彼女に近づこうとする生徒はこれまでにも数多くいたが、そのほとんどの誘いをかぐやは断っていた。

そのかぐやに、白銀は生徒会の副会長を引き受けさせたのだ。

しかもその直前に、白銀とかぐやが人気《ひとけ》のない校舎裏でなにやら話し込んでいたらしいという目撃情報もある。

そんな事情があるため、二人の関係については様々な噂《うわさ》が校内を飛び交っていた。

「皆さん、ご覧になって！」

白銀とかぐやが廊下を歩いていると、そんな声が聞こえてくる。

まるで芸能人でも見るように女子生徒が白銀とかぐやを見つめていた。白銀もかぐやもそんな視線には反応せず、生徒会室へと入っていく。

二人が視界から消えると、周囲の女子生徒はにわかに色めきたった。

「本当にお似合いの二人ですね……」

「ええ、もしかしてお付き合いされているのかしら？」

「そうに違いないわ！」

きゃーきゃーと楽しそうに笑う少女たちの声はいつまでも続いていた。


生徒会室に入ると、ようやく白銀とかぐやは生徒たちの視線から解放された。

二人きりの空間はどこか居心地よくもあり、しかし同時に先ほどまでとは違った緊張感をかぐやに与えた。

廊下から聞こえてくる生徒たちの声を聞きながら、かぐやは小さくため息をついた。

「なんだか噂されているみたいですね。私たちが交際しているとか」

白銀は表情一つ変えず言葉を返す。

「そういう年頃なのだろう。聞き流せばいい」

「そういうものですか。私はそういった事柄には疎《うと》くて……」

かぐやがうつむきながらつぶやいた。

それに対し、白銀は決して表に出さぬよう、心のうちで一刀両断した。

（ふん。この俺に釣り合う女がいるものか。どうして俺の貴重な時間を女などに割かねばならない）

と、白銀はちらりとかぐやを見る。

（が、まぁ……。四宮がどうしても付き合ってくれと言うなら、考えてやらんこともないがな……！）

一方、かぐやの胸の内も、余人に計り知れるものではなかった。

少女の涼しい横顔からは決してうかがい知れないが、彼女はこんなことを思っている。

（ふん。まったく下世話な愚民《ぐみん》共。この私を誰だと思ってるの？　国の心臓たる四宮家の

人間よ？　どうすれば私と平民が付き合うなんて発想に至るの？）

と、かぐやはちらりと白銀を見る。

（まぁ、会長にギリのギリギリ可能性があるのは確かね。身も心も故郷すら捧げるというなら、この私に見合う男に鍛えてあげなくもないけど……）

そんなかぐやの内心には気づきもせず、白銀は笑みをこぼす。

（まぁ確実に向こうは俺に気があるだろうし、時間の問題か）

白銀がそんなことを考えているとはつゆ知らず、かぐやは微笑《ほほえ》む。

（まぁ、この私に恋い焦《こ》がれない男なんていないわけだし？　時間の問題かしら？）

互いに背を向けて、白銀とかぐやはほくそ笑む……。

などとやっているうちに、半年が過ぎ二年生になった。

季節が移り変わり、窓の外の景色が変わる。

紅葉の秋はとうに過ぎ、はらはらと桜が舞い散っている。

そして、生徒会室の二人はといえば、

──その間、特になにもなかった！

「……」

「……」

白銀もかぐやも、共に無言を貫《つらぬ》いている。だが、彼らの頭の中ではばちばちと高速で思考がはじけ、激しい火花が散らされていた。

二人が思い返しているのは過ぎ去った日々のことだ。

体育祭、文化祭、クリスマス、バレンタイン……様々なイベントがあった。

だが、白銀とかぐやの二人の間にはなにもなかった！

このなにもない期間の間に、二人の思考は『付き合ってやってもいい』から、『いかに相手に告白させるか』という思考へとシフトしていたのだった。

白銀とかぐやは、ちらり、ちらりとうかがい合う。

巧妙に隠しているが、お互いが意識し合っているのだった。

「ねえねえ、聞いてくださいよ～」

ふと、そんな二人の視界に元気いっぱいな少女が割り込んできた。

にこにこ笑っているのは、大きな黒いリボンが特徴的な少女だった。

「懸賞で映画のペアチケットが当たったんですけどぉ、私、週末はペスとベッタリで。興味ある方がいらっしゃればお譲りしようかな～って……じゃん！」

見せびらかすように少女は二枚のチケットを左右の手に持ち、大きく掲げてみせた。

秀知院学園生徒会書記、藤原千花《ふじわらちか》。

愛犬ペスをこよなく愛する天然系お嬢様である。

いつもにこにこ笑っている藤原は、かぐやにとっては生涯《しょうがい》で最初にできた友人ともいっていい存在である。

「ほらほらー……あ！」

そのとき、藤原の手からぱっと映画チケットを奪い取る少年がいた。

長い前髪と、首にかけたヘッドホン。

どこか世間を斜めに見ているような顔つき。

「あ、『ラブ・リフレイン』だ。しかも今週末まで」

そう言った途端、それまで少年の顔にあった、話題の映画に胸を躍《おど》らせるような表情がぱたりと消えた。

「てか、なにが『ラブ・リフレイン』だよ。こういうのほんと薄ら寒いっていうか……。どうせバカップルしか観《み》に行かねえっていうか……」

なにかが彼のスイッチを押してしまったのだろう。

怒りに満ちた表情でそんなことを言いながら、彼はチケットを空中に放り捨てた。藤原が慌《あわ》ててそれを拾う。

「あぁ、ほんと……全員死なねーかな」

愛用のＰＣに向き直ると憎しみをぶつけるように、彼はキーボードに指を躍らせた。

秀知院学園生徒会会計、一年生の石上優《いしがみゆう》。

青春を心から憎んでいる、青春へイト系男子である。

『つーか映画館でイチャつくとかマジありえねーし。暗闇《くらやみ》に便乗して手繋《つな》ぐとか外でやれよ外で』

つぶやきながらエクセルファイルに打ち込んだ呪詛《じゅそ》の言葉を、彼はかろうじて残った理性でデリートした。大事な生徒会の会計書類に、まさか青春へイトワードを残しておくわけにはいかない。

石上はデータ処理のエキスパートである。くわえて人並み外れた観察力と、こう見えて平均以上の運動神経も兼ね備えている。

とはいえ、白銀はその能力だけを買っているのではない。

石上は非常に義理堅く、正義感の強い男なのだ。

青春を過剰に憎む性格や、めったに他人と関わりを持とうとしないあり方から誤解されることが多いが、石上は一度友人と認めた相手には自分を捨ててまでとことん尽くそうとする気質の持ち主だった。

もっと自分の利益になるように振る舞えば友人などいくらでも作れるだろうに、石上はそれをよしとしない。善行は日陰《ひかげ》で積むことこそが美徳と考えている節があるのだ。

そんなところを評価し、白銀は生徒会の会計に指名したのだった。

「ふむ」

白銀はいつもの石上の青春ヘイトには反応せず、手帳へと視線を落とした。

アルバイトや生徒会の予定でびっしり埋まったスケジュールを確認すると、ちょうど今週末だけが空いていた。

これは好機ではないだろうかと白銀は考えた。

なにも切っ掛けがないのにかぐやを映画に誘ったら、それは相手に気があるのだと告白しているようなものだ。

だが、今回は藤原が譲ってくれる映画のチケットという大義名分がある。これならばかぐやを誘っても、告白とはとられないはずである。

白銀は冷静を装ってかぐやに声をかけた。

「明日は珍しくオフだな。だったら四宮、俺と――」

白銀に名を呼ばれたかぐやがそちらに意識を向けた。

だが、白銀が言い切るまえに、藤原の言葉がそれを遮《さえぎ》った。

「知ってます？　これって男女で観に行くと結ばれるジンクスがあるんですよ～」

（っ！　なんだと……！）

白銀が驚きに目を見開く。

恐る恐る横を向くと、案の定、かぐやが微笑んでいた。

「あら会長、今私のことを誘いましたか？」

「！」

声を失うとは、このことだ。

余裕に満ちたかぐやの声が、真夜中に突然肩を叩かれたような衝撃を白銀に与えた。

「男女で観に行くと結ばれる映画に、会長と私の男女で行きたいと、今そう仰《おつしや》ったのですか？　それはまるで——」

かぐやは思わせぶりに言葉を止めた。だが、皆まで聞かなくとも彼女の言葉の続きは、白銀にも容易に予想できた。

（まるで、告白のようではないか‼）

それだけはまずい。

恋愛は戦《いくさ》。

告白したほうが負けというのは、白銀とかぐやの共通認識であった。

焦る白銀とは対照的に、かぐやは余裕の表情で彼の反応を待っている。

白銀は瞬時に脳内で軌道《きどう》修正を図《はか》った。

（あからさまではあるが、ここは一旦《いつたん》引いて誤魔化すしか……！）

白銀はリスクマネジメントに優れた男だ。

優秀な彼はこれから先の展開をシミュレートする。

ほんの少し未来のことを考える。

四宮、俺と映画に行かないか――そんな言葉は敗北宣言に等しい。なんとか避けなければならない。男女で行くと結ばれるという情報を得てしまった今となっては、先ほどまでのように気軽にかぐやを誘うことなどできようはずもなかった。

かといって、まったく別のことを言おうとしていたという言い訳は通用しない。

『四宮、俺と』

白銀はこれだけの単語をはっきりと口にしてしまっている。もし、この事実を無視してしまえば、さらに厳しくかぐやに追及されてしまうことだろう。

『四宮、俺と』に続く文章を考え、どうにかして誤魔化さなければ――

たとえば、こんな台詞《せりふ》はどうだろうか?

「し、四宮、お……俺と……チ、チケット屋に売りに行くか……?」

駄目だ。

そんなことを言えば、余計に事態を悪化させるだけだ。

焦る白銀を見て、きっとかぐやは勝ち誇るだろう。

口元に手を当てて、彼女はこう言うに違いない。

「お可愛《かわい》いこと……」

目に浮かぶようだ。

かぐやの、冷たい笑顔。

――それは、今はまだ白銀の頭の中にしかない光景だ。

だが、このまま彼がなにも手を打たなければ、確実に訪れてしまう未来だった。

と、そんな光景を想像して、白銀は奮《ふる》い立った。

(引いてはならない！　攻めろ、攻めるんだ！　白銀御行！)

深い呼吸を一つ。

次の瞬間には、白銀の心は決まっていた。

風のない日の湖面のように澄《す》んだ表情で彼は言う。

「ああ、四宮を誘った」

「⁉」

かぐやが息をのむのがわかった。

白銀は彼女に口を挟ませることなく、一気に言い放つ。

「俺はそういったジンクスなど気にせんが、お前はそうではないみたいだな。どうする？

四宮、お前は俺とこの映画を観に行きたいのか？」

「っ……！」

かぐやは、白銀の反撃に目を見張った。

（あえて攻めてきましたか……。勧誘の意思を強く示した上で映画を観に行くかの選択権を私に譲渡する。うまい切り返しです……）

沈黙が二人の肩に重くのしかかる。

（さあ、どう出る……？　四宮！）

そんな言葉にならぬ白銀の気合いをひしひしと感じながらも、かぐやは冷静に思考する。

（誘い自体を断るという選択肢もありますが、それではここまでの下準備がすべて無駄になってしまう……）

かぐやはここまでの『下準備』の情景を思い返した。


あるときは生徒会室での一場面。

（作戦其《そ》の一。一週間前――会長の手帳から休日を確認）

白銀、藤原、石上が集まって話しあっているときのことだった。

かぐやは彼らが自分に注意を向けていないことを確認すると、白銀の手帳をこっそりと開き携帯カメラでそれを撮影した。

またあるときは薄暗い一室での一場面。

（作戦其の二。三日前――映画のペアチケットが当たる懸賞を偽造）

かぐやが真剣な表情で向かっているデスクの上に置かれた紙には『映画ペア券プレゼン

ト』と書かれている。

最後は藤原家での一場面。

(作戦其の三。前日――藤原さんがペスの散歩に行っている隙《すき》に懸賞の入った封筒をポストに投函《とうかん》)

ペスを連れた藤原が散歩に出ていく。

その様子を物陰からうかがっていたかぐや。

変装した彼女は入念に周囲を警戒しながらポストに偽《にせ》懸賞を入れた。

それらの苦労を思い返し、かぐやは静かに闘志をたぎらせた。

(ここまでして、私から断るなど愚《ぐ》の骨頂《こっちょう》!)

心は戦いの予感に打ち震えながらも、かぐやは冷静に先々の展開にまで思いをめぐらせる。

(それにここで断ってしまえば、案外メンタルの弱い会長から映画へ誘われるなんて状況は今後ないかもしれない)

かぐやは無言でこちらの言葉を待つ白銀を見つめる。

膠着《こうちゃく》したこの状況は、まるで最悪の未来の予行演習のようだ。

このままではきっと、二人とも一生、お互いに相手の言葉を待ち続け、無言のまま人生を終えてしまう。いつか相手が映画に誘ってくれるだろうと期待しながら、しかし決してそんな未来は訪れない……。

（それは乙女的にNO《ノー》！　そのような選択肢はNO《ノー》！）

かぐやは決意の表情を浮かべるが、それは泡のようにはじけてすぐに消えた。

代わりに浮かんでくるのは、儚《はかな》い、触れただけで壊れてしまいそうな乙女の顔だ。

「そうですね……。やはりどうしても乙女的にはそう言ったジンクスは信じてしまうものでして……」

「⁉」

恥じらうように目を伏せ、ため息をつくように声を絞る。

「行くなら……せめてもっと情熱的にお誘いいただきたいです」

かぐやが演じるのは純真無垢《むく》なる乙女の理想像。

四宮家に代々伝わる帝王学が編み出した交渉術の深奥こそが、今このときのかぐやの計算されつくした表情、そして声色《こわいろ》だ。

口元に添えられた手はいじらしさを感じさせながらもつい守ってあげたくなるか弱さを、わずかに赤らんだ頬《ほお》は隠しきれない彼女の心情を見る者に想起させる。

これには、いくら白銀といえど平静ではいられなかった。

（かっ、かっ、かわいい！　めっちゃかわいい！）

動揺する白銀を見て、かぐやはふんと内心で笑い飛ばす。

(落ちた……！　さあ、こうべを垂れこの私を誘いなさい!!)

外交場面でも重宝される四宮家の交渉術である。いかに白銀が鋼《はがね》の精神を有しているとしても、かぐやの本気には敵《かな》わない。

そう、健全な高校生男子ならば、誰であろうとかぐやの魅力に立ち向かえるはずがないのだ――

しかし、この部屋にただ一つの例外が存在した。

明らかに場違いな笑い声が響く。

「四宮パイセン～、そんなかまってちゃん見せられたら、会長が誘いたくなっちゃうじゃないですか」

絶望的に場の空気を読まないが、その割には鋭い石上の発言だった。

「!!」

石上に悪気がないのはわかっている。だが、かぐやにしてみればなりふり構わず放った必殺の一撃をふいにされてしまったかたちである。

とても淑女《しゅくじょ》とは思えない目つきで睨《にら》んでしまうのも、仕方がないことといえよう。

「！」

あまりのかぐやの迫力に石上は口を閉ざした。

一方、息を吹き返したのは白銀である。

客観的な第三者の意見を聞いて、冷静になったのだ。

「ふぅー。そうだよな……。四宮、かまってちゃんは似合わないぞ」

夢から覚めたような気分で、白銀は軽く笑い飛ばした。

九死に一生を得たことを実感しつつ、

(危ねえ……。危うく誘ってしまうところだった。グッジョブ、石上会計!)

と石上の功績を内心で讃《たた》えた。

落ち着きを取り戻した白銀とは反対に、かぐやの心は怒りに染まっている。

殺意すら宿った視線。

石上は命の危険さえ覚えた。

「っ! こ……殺される……。会長、殺されるまえに自分から死にたいので帰ります……」

報告・連絡・相談は、生徒会の一員として当然である。

かぐやが怖いという相談ではなく、これから死にますと報告した会計係に向かって、白銀は生徒会長として、そして一人の人間として助言した。

「お、おう……。でも死ぬなよ」

果たして、その言葉は石上に届いただろうか。

重い感情に沈む男子陣とは打って変わって、能天気な声が響いた。

「私、ペスの散歩があるので帰りますね。じゃ、このチケットは～。はい、かぐやさんにあげます。では！」

石上とは別の意味で空気を読まない藤原の言葉だった。

「ペス、ペス～、ペス～」

藤原は鼻歌を歌いながら退室した。

かぐやは思いがけず渡されたチケットを見つめた。

白銀とかぐやの視線が一点に集中する。

かぐやの手の中にある、二枚のチケット。

陰謀《いんぼう》の果てに彼女の手に渡ったその小さな紙切れが、これからの二人の運命を左右するのだ。

かぐやはどうしたものか迷って、結局テーブルの上にチケットを置いた。

白銀とかぐやの視線は、相も変わらずそのチケットに注がれている――

白銀とかぐやは、両者共に『決して自分から告白してはならない』というルールを自《みずか》らに課している。

それは、恋愛においては明確な力関係が存在するため、告白とは魂《たましい》の敗北宣言に他ならないという共通した哲学が二人にあるためだ。

ゆえに、プライドの高い両者において自ら告白するなどあってはならない。

ならば己《おのれ》の知略と技術をもって相手に告白させる以外にない。

この物語は、そんな二人が織りなす互いの尊厳をかけた、恋愛頭脳戦なのである——

第2話

『かぐや様はよく知らない』

生徒会室のテーブルの上には山と積まれた書類がある。

たった四人で片付けるには多すぎる事務量。だが、そんなことは今は問題ではない。

その脇にひっそりと置かれた映画のチケットこそ、白銀《しろがね》とかぐやの関心のすべてだった。

(どうする？　どうすれば……会長のほうから映画に誘わせることが……)

そこまで思考を進めたとき、かぐやの脳裏に閃《ひらめ》くものがあった。

(見えた！)

彼女は突如《とつじょ》としてトランプを取り出して、白銀に向かって掲げてみせた。

「会長、ババ抜きやりませんか？」

唐突な言葉に、白銀は思わず聞き返す。

「ババ抜き？　二人でか……？」

「ええ、『勝者は敗者になんでも一つお願いごとができる』なんていかがでしょうか？」

「なんでも？」

その言葉を聞いた瞬間、白銀の頭に妄想の世界が広がった。

メイド服を着たかぐやが、白銀の顔を覗《のぞ》き込んでくる。

彼女が白銀に近づくと部屋の空気がふわりと動いて、甘い香りが広がった。

「ご主人様がなさりたいこと、なんなりとお申しつけくださいませ」

しかもただのメイドではない。

猫の耳を模したカチューシャに大きな肉球のついたグローブ――そう、かぐやは今、猫耳メイドなのだ。

「ごろにゃん♪　ごろにゃん♪　ごろにゃん♪」

猫なで声とは、まさにこのことというような声色《こわいろ》で、かぐやが白銀にすり寄ってくる。

「よしよし、おいで、おいで！」

白銀は思わずかぐやに手を差し伸べた。

それに応《こた》えた猫耳メイドは、愛すべきご主人様の胸へ飛び込もうとして――

「ただし、いかがわしいことや無茶なことは駄目ですよ。あくまで紳士的なお願いごとに限ります」

現実のかぐやの声に、白銀の意識は引き戻された。

　まさに『いかがわしいこと』や『無茶なこと』を想像していた白銀は、無念さを悟られぬよう平静を装った。

「……まあ、いいだろう。受けて立つ」

　その言葉と共に、新たな戦いが始まるのであった。

■■■

　ババ抜き。

　トランプを使用したカードゲームのなかでもルールが単純で、技術や知識に左右される部分が少ないため、子供から大人まで楽しめるというハードルの低さがこのゲームをトランプゲームの代表格にまで押し上げている。

　手持ちのカードを見つめながら、白銀は注意深く考えた。

（これは四宮《しのみや》から仕掛けてきた勝負……。なにかしら俺を欺《あざむ》く策略があるはず！　見せてもらおうじゃないか！）

　ババ抜きは技術や知識よりも、運が大きく勝負を左右するゲームであることは間違いない。だが、技術や知識がまったく関与しないというわけでもないのだ。

　最も警戒すべきなのは、言葉によって相手を揺さぶる心理戦に持ち込まれる可能性だ。

また、このトランプはかぐやが用意したものである。かぐやの性格からしてあり得なさそうだが、一見しただけではわからない印などがあるイカサマトランプ《マークド・デック》という可能性も捨てきれない。もしくは、鏡や監視カメラを用いた覗き見といった行為も考えられる。

白銀はあらゆる可能性を考慮し、かぐやを迎え撃つつもりであった。

「ではババで一枚多い私から引かせていただきます」

涼しい声でかぐやが言う。

多人数での勝負ならば誰がババを抱えているのかは最も重要な情報であるが、一騎打ちならば関係ない。

白銀の手の中から無造作に一枚抜き取り、かぐやは手持ちのそれとあわせて二枚のカードを捨てた。

白銀の手番だ。まだかぐやの手には多くのカードが残されている。

(序盤にババを引く確率は低く、得てして気を抜きやすい。ならば手の伸ばしやすい右側にババを配置するはず)

セオリーを考慮し、白銀はその逆の左側のカードを取り確認する。

――ジョーカーだった。

「！」

初手からのババ引きに、白銀はほぞを噛《か》んだ。

（くっ……裏目に出た……！　さすが四宮、やるな）

意識して気持ちを切り替える。

白銀が考えなければならないのは、ババをどこに配置するかだ。

だが四宮かぐやの観察力は常人離れしている。白銀が真剣に考えれば考えるほど、視線や呼吸、あるいは微《かす》かな指力の強弱からババの位置を読み取られてしまう危険性があった。

いっそ手持ちのカードを見ずにランダムにシャッフルするという戦術もある。

だが、それではあまりに幼稚だ。

白銀とかぐやの戦いは、勝敗を天に委《ゆだ》ねる類《たぐ》いのものではない。あくまで、策略と知謀《ちぼう》をぶつけあわせる頭脳戦なのだ。

（ならば……）

白銀はカードを並べ、かぐやの前に突き出した。

「まあ……。なかなか可愛《かわい》いことをしますね」

白銀の手の中で扇形《おうぎ》に並べられたカードは、一枚だけが突き出ていた。

明らかにこれを取ってくれと言わんばかりの配置。

挑発的に白銀はかぐやに言う。

「案外、俺は一番取りやすい場所にババを置く可愛いところのある男かもしれんぞ」

「……」

「もっとも、これ以外を引けばその答えは永遠に闇《やみ》の中だがな」

白銀は不敵に笑う。

子供の頃から無数の勝負を繰り返したババ抜きだ。その表も裏も、白銀は知りつくしていた。

(このゲームの肝《きも》は『選択の誘導』だ。純粋な八分の一の選択肢を、この一枚を『引くか』、『引かないか』の二分の一に落とし込む戦術こそ肝!)

カードを引く側と引かれる側――一見すると能動的なのは引く側に見えるが、実際は違う。

ババ抜きとは、カードを引かれる側がいかに巧妙に罠《わな》を仕掛けるかのゲームである。

その観点からいえば、あからさまに怪しい一枚を突き出させる戦術は、超攻撃的な一手だ。

優れた猟師《りょうし》は獲物《えもの》を追いかけ走るのではなく、最高の狩場へと誘い込むのである。

白銀は猟師のように、かぐやの思考の誘導を試《こころ》みた。

(さあ、どうする四宮……)

カードを見つめていたかぐやが動いた。

「ええ、知っていますよ。会長はとても可愛らしい人です」

白い手を伸ばし、かぐやは一枚だけ突き出たカードを取った。

白銀の手の中からジョーカーが消える。

やった、と喜びかけた白銀だったが、

「あら残念。ジョーカーでした……」

と言うかぐやの表情を見て息をのんだ。

（笑った⁉）

白銀が驚いているうちに、かぐやはさらに仕掛けてくる。

「では、お返しです」

先ほど白銀がそうしたように、かぐやも一枚だけカードを突き出して並べる。

だが、カードの配置よりも、白銀はかぐやの浮かべた笑顔のほうが気にかかった。

（ジョーカーを引いたというのに⁉　笑った⁉　なぜだ。なにを考えている⁉　これも策？　だとすればどんな）

「どうしました？　会長？」

硬直してしまった白銀に対し、かぐやは歌うように軽やかな口調で言う。

かぐやの狙いを読み切れずにいた白銀だが、ふと思い直した。

（いや……状況は俺の圧倒的有利。ここからの逆転は至難！　あの笑みはただのブラフ！　この誘導もただの――）

「！」

その瞬間、白銀の体に電流が走った。

白銀はテーブルの上のチケットに視線を移した。

（誘導⁉　まさか……！）

（たとえば、この勝負に俺が勝ったとして）

素早く、白銀の頭脳はそんな仮定の世界を作り出した。


最後に残った二枚のカードを投げ捨て、白銀は息をつく。

「俺の勝ちだな。さて、いったいどんなお願いをしようか」

かぐやは手元に残った一枚のトランプ――ジョーカーに視線を落としている。

勝負に負けたことが悔しいのか、あるいは別の理由からか、彼女の目にはうっすらと涙さえ見える。

かぐやが、そっとチケットに手を伸ばしている。

「藤原《ふじわら》さんにせっかくいただいたチケットですもの、私……一人きりでも観《み》に行きますわ」

（などと四宮に涙ながらに訴えられれば……）

白銀の想像の中のかぐやは、本物と寸分違わぬリアリティーを持っていた。

いや、これはほんの数分先の未来で実際に起きる出来事なのだ。

このまま、白銀がなにも手を打たなければ――

白銀は、かぐやの涙に負けて、ついにその言葉を口にしてしまうだろう。

「わかった！　わかった！　お願いごとは『一緒に行こう』でどうだ⁉」

それを聞いた途端、かぐやは勝ち誇ったように笑う――

(と、ならざるを得ない……『涙のリクエスト作戦』だ)

白銀には、試合に負けて勝負に勝つかぐやの微笑《ほほえ》みが、そのとき確かに見えたのだった。


思考する合間にもカードを引き、捨てる。

いつの間にか、白銀の手の中には二枚のカードしか残っていなかった。

ジョーカーはない。かぐやが無造作に白銀から一枚引く。

これで白銀は残り一枚。かぐやの手には二枚。

次に白銀がジョーカーを引かなければ、それで勝負は終わる。だが、

「……」

白銀はかっと目を見開いた。

(これは俺に映画へ誘わせるために仕掛けたゲーム！　つまり、四宮は俺にあえて勝たせるつもりだな……。またまどろっこしいことを)

白銀は声を出さず笑った。

（ならば、このゲームは勝った上で……ふふふ）

――と、そんな白銀を見て、かぐやの心理にも変化があった。

（会長の様子がおかしい……。もしやこちらの狙いに感づいている⁉）

かぐやは鋭い視線をチケットに送る。

（この状況はまずい……。もしこれが会長から映画に誘わせるための策だというところまで気づかれれば……）

かぐやは白銀に表情を見られぬよう、その先の未来を想像した。

それは、まさしく『この世の終わり』だった。

だって、白銀がかぐやの作戦に気づいてしまうということは――

（私が『どうしても会長と映画を観に行きたい』って勘違いされてしまうじゃない‼）

かっと顔が真っ赤になるのが自分でもわかった。

名家、四宮家の長女で箱入り娘として育てられたかぐやは、気になる異性へのアプローチ方法がわからない。

しかし、彼女はそこらの箱入り娘ではない。

超優秀な頭脳と、誇り高い魂《たましい》を持っているのだ。

その二つが、「白銀から映画デートに誘わせる」という回答を導き出したのである。

だが、かぐやは気づかない。その策の出所は「白銀と映画を観に行きたい」という純粋な彼女自身の衝動であることに。

かぐやは白銀に向き直った。

(違う！　これは私を映画に誘いたいくせにプライドが邪魔して誘えない会長のため、用意してあげた作戦！)

言葉にできない思いを抱えながら、かぐやは胸の中で必死に言い訳する。

(そうよ！　これは私の優しさ！　だから、さっさとペアを引いて上がりなさい！　そして、私と映画に行きたいと、こうべを垂れて『お願い』しなさい！)

かぐやの心の声に応えるように、白銀がカードを引いた。

──その結果、かぐやの手の中にジョーカーのカードだけが残った。

白銀は二枚のカードを場に捨てる。

「俺の勝ちだな」

その言葉にかぐやはほっと胸を撫《な》で下ろした。

(バレてなかった……)

「さて。いったいどんなお願いをしようか。紳士的というからにはパシらせたり妙な格好をさせる……というのは除かれるよな」

白銀の言葉に、かぐやはここが勝負どころだと当たりをつけた。

「そうですね……。スマートで男らしく、空気が読めているものがいいでしょうね」

そう言いながら、かぐやは心の中で作戦開始の鐘《かね》を鳴らした。
――涙のリクエスト作戦、実行！
かぐやは丁寧《ていねい》に表情を作り、涙腺《るいせん》を緩めて涙ぐんだ。
か弱く、守ってあげたくなるような声でかぐやは言う。
「たとえば――」
と、かぐやはテーブルの上に手を伸ばした。そこには映画のチケットが――
「……？」
チケットが――
（ない⁉）
驚愕《きょうがく》の表情でテーブルの下を覗き込みチケットを探すかぐや。
（そんな……確かにここに！）
焦るかぐやの様子を見て、ほくそ笑む男がいた。
白銀御行《みゆき》――誰もが認める、秀知院《しゅうちいん》学園の頂点に立つ男であった。
彼は試合に勝って、勝負にも勝てる男だった。
（隙《すき》だらけだったぞ四宮……！）
そんな彼の心の声が聞こえたかのように、かぐやははっと白銀に目をうつす。
（まさか……あのとき！）

かぐやが理解したことに気づき、白銀はにやりと笑った。

（ようやく気づいたようだな……）

白銀の脳裏には、先ほどの光景が広がっていた。

それは、かぐやがまるで『この世の終わり』を前にしたように白銀から目を背けたときだった。

（お前が動揺したあの一瞬を俺は見逃さなかった！）

その隙に白銀はこっそりと映画のチケットを抜き取っていたのだ。

かぐやはそれに気づかなかった。

もしもかぐやが普段通りの観察力を維持していれば、白銀のポケットから少しだけ飛び出した映画のチケットを見つけることができただろう。

それはまるで、今回のババ抜きで一枚だけ突き出されていたジョーカーのようであった。

白銀は心の中で勝ち誇った。

（これで封じたぞ！　『涙のリクエスト作戦』！　もう俺から『一緒に映画を観に行ってくれ』なんてお願いをする羽目にはならない……！）

「……」

かぐやは呆然《ぼうぜん》としている。さきほどまでのような演技ではなく、今度こそ本当に消沈しているようだった。

（これで四宮と映画に行く必要はない……必要はないが……）

白銀はちらりとかぐやの様子をうかがった。

意気消沈した、かぐやの顔。

それを見た白銀はちくりと胸に痛みを覚えた。

かぐやと映画に行く必要がないということは、つまり裏を返せばかぐやと一緒に映画に行くことができないということだ。

（本当にこれでいいのか⁉）

白銀は試合に勝った。そして勝負にも勝った。

きっと秀知院学園の誰も、四宮かぐやを相手にそんな偉業は成し遂げ得ない。

だが、それに対する報酬《ほうしゅう》はなんなのだろう？

四宮かぐやを打ちのめしたという事実があるだけだ。

彼女の作戦を見抜き、彼女に敗北感を与え、そして彼女にこんな顔をさせてしまっている――

そんなことを白銀は望んでいたのだろうか？

いや、断じて違う。

白銀は、自分の本当の目的を思い出した。

それは決して、四宮かぐやにこのような表情をさせることではない。

（考えろ。考えるんだ白銀御行！）

本当の目的を達成するために必要なことはなんなのか――

そして、かぐやと一緒に映画に行くために必要な行動は――

白銀の脳内で数式が巡り、解が導き出された。

「……おや、こんなところにチケットが落ちているではないか」

と、白銀はチケットを掲げてみせた。

かぐやに気づかれないようにポケットから取り出したチケットを、たった今拾ったように見せかけたのである。

「!?」

あり得ないとかぐやは目を見開いた。チケットがそんなところに落ちているはずはない。何度も確認したのだ。

驚くかぐやを無視して、白銀は言葉を続ける。

「お前が藤原書記にもらったチケットだろ。大事にしなくては……。そうだな、せっかくだ……。このチケットを一枚いただくという『お願い』はどうだ？」

「一枚、ですか……」

白銀の想定外の『お願い』を、かぐやは疑念と共に口の中で転がした。

馬鹿《ばか》にする風でもなく、白銀は補足してくれた。

「ああ、俺は俺で有効活用させてもらう。もう一枚はお前が『自由』にすればいい」

それを聞いてようやくかぐやにも事の成り行きが読めてきた。

(なるほど。そう来ましたか……)

当初の予定とは違う。だが、白銀の『お願い』はかぐやにとっても利のあるものだと判断した。

「ではお言葉に甘えて……そうさせていただこうかしら」

かぐやはうなずき、残った一枚のチケットを手に取る。

一から十まで説明される必要はない。かぐやは、白銀の思惑を読み切っていた。

「もしかしたら明日……ばったり出くわすなんてことが……」

「あるはずありませんよね。そんな『偶然』」

「ああ、あるはずないだろ。そんな『偶然』」

そして、二人の天才は笑いあった。

既《すで》に二人の心は明日へと備えている。

■■■

炎があがった。

専属のシェフが生涯《しょうがい》をかけて洗練してきた手腕をかぐやの目の前で振るう。その料理は、完成した端から使用人たちが主人のもとへと給仕する。

長テーブルに一人座るかぐやは、完璧な礼儀作法で料理を口に運んだ。

その傍《かたわ》らには、メイド姿の早坂愛《はやさかあい》がひっそりと控えている。

早坂はかぐやの近侍《ヴァレット》として様々な無理難題に応える付き人のプロである。早坂家はもとは名家だったが、かつて四宮家との競争に敗北。その優秀な血筋を見込まれ四宮家に取り込まれたという過去を持つ。

早坂の父はかぐやの名付け親であり、早坂の母はかぐやの乳母《うば》でもあった。

早坂とかぐやは主従関係ではあるが、事実上、深い縁で結びついた姉妹のようなものである。

かぐやは信頼を寄せる早坂に、明日の予定を伝えた。

「……早坂。私、明日映画を観に行くから」

「映画⁉」

かぐやの言葉は早坂のみならず他の使用人にも衝撃を与えた。

たちまちざわつく使用人たち。

使用人の一人がかぐやに質問する。

「そ、それは平民たちと同じ空間に閉じ込められ、わざわざ同じスクリーンを見なければいけない……あの？」

「映画よ」

また別の使用人が口を開く。

「わざわざ平民たちと同じ空間の中で、平民たちと笑ったり泣いたりしなければいけない……あの？」

「だからその映画よ」

かぐやが映画館に行くという、あまりにもショッキングなニュースは、爆弾のような衝撃を使用人たちに与えた。

さらにざわつく彼らを意にも介さず、かぐやは立ち上がる。

「ご馳走《ちそう》様。早坂」

「はい――」

忠実なる近侍は、退室するかぐやにうやうやしく付き従った。

■■■

狭くて古いアパートが白銀家の住居である。

エプロン姿の白銀は料理を終えると、食卓に皿を並べた。

年齢不詳の父と、中学生の妹、圭《けい》と共にちゃぶ台を囲む。

食事の手を止めないまま白銀は自然な雰囲気で切り出した。

「明日の昼ご飯は自分たちで作って食べてよ。俺、映画に行くから……」

チケットを見せながら言うと、父がぎょっと目を剝《む》いた。

「映画⁉　いつからお前はセレブになったんだ」

「映画ぐらい観るでしょ、フツー」

ぼそりと圭がつっこむが、父は頑《かたく》なに首を横に振った。

「認めん。俺はそんなドラ息子に育てた覚えはない」

「だから、たかが映画」

圭の口調はだんだんキツくなる。

「なんのためにお前のような平民のために高い学費を払って、名門校に入れてやったと思ってるんだ？」

「特待生だし、一円も払ってないし。てか、親らしいことなに一つしてないし」

刃物のように鋭い圭の言葉に、ついに父は沈黙してしまった。

いたたまれない空気に耐えきれず、味方になってくれたはずの妹に、つい白銀は口を出してしまった。

「圭ちゃん、ダメだよ。親に向かってそういう口の利き方しちゃ」

「ダメだよ」

白銀と口をそろえるように父も「めっ」という顔をしてみせた。

「……」

圭は無言のまま食器を手にすると、台所へと向かった。白銀は思わずそのあとを追った。

「もういいのか？　食べないならご馳走様言って、ちゃんと茶碗《ちゃわん》、水につけて……」

白銀の小言に、ついに圭がキレた。

「うざあああいぃぃ！　いちいちグチグチ母親気取りか！」

「……」

父は不自然なほど黙り込んで、食事を再開する。我関せずを決め込むつもりだ。

父は頼りにならない。だから、うざがられるとわかっていても白銀は言葉にせざるを得ない。

「しょうがないでしょ。うち母親いないんだし。俺は圭ちゃんにちゃんとした大人に――」

「だからさ、そういうところがキモいんだよ！　てかあんなクソ親父《おやじ》の肩持つの⁉　最低‼」

「そんな言い方しないで。あれでもいいとこだって少しはあるでしょ？」

「ない！」

吐き捨てて、圭は自室へ行ってしまった。

白銀は妹の背中を見送ってから、深いため息をついた。

「あーあ、また三日間、口きいてくれないな……」

それが自分の役割なのだと覚悟したうえでなお、たった一人の妹に疎《うと》まれるのは辛い。

食卓に戻ってきた白銀は、映画のチケットがなくなっていることに気がついた。

「ん?」

視線をさまよわせると、父が胸ポケットにそれを入れているのを見つけた。

「おい」

「……」

知らんぷりする父。

これだから自分がしっかりするしかないのだ、と白銀はため息をついた。

■■■

日曜日。

白銀は映画館へ向けて自転車を漕《こ》いでいた。

そして、そんな彼をバスガイドに扮《ふん》した四宮家使用人が盗み見ていた。

白銀の姿を視認した使用人は、無線機に向かって言う。

「こちらB地点。対象が現れました。現在、C地点方向へ進行中」


かぐやは緊張した面持ちでカップを手にした。

彼女の心情のように、カップの中で紅茶が激しく波打っている。

だが冷静でいられないのも仕方ない。

なにせ映画に行くのだ。

それは、かぐやにとって生まれてはじめてのことだった。


「どんぐりころころどんぶりこー♪」

黄色い帽子を被った子供たちが三人、手押し車に乗っている。保育士に車を押してもらいながら子供たちは上機嫌に歌う。

道行く白銀にも手を振ってきたので、彼は笑顔で振り返した。

「お池にはまって、さぁ――」

歌が唐突に途切れる。演技の必要はもうないからだ。

――子供に扮していたのは、四宮家の使用人だった。

腕時計型の通信機に向かって、スモック姿の使用人は報告する。

「対象は予定通りシネマ方向へ向かっています」

使用人たちの報告を受けて、早坂はそろそろだろうと判断した。

映画館のすぐ近くのスペースを貸し切り、お茶をしながら待機しているかぐやに早坂は告げた。

「かぐや様。そろそろよろしいかと……」

「ええ……」

緊張に、かぐやの顔は強《こわ》ばっている。だが、彼女はそれでも歩き出した。

映画に――白銀と映画に行くために。


一方、白銀も映画館に到着していた。

白銀がエスカレーターに乗った途端、掃除係に扮した四宮家使用人がその場所を通行止めにした。

また同じように、かぐやが乗ったエレベーターにも他の乗客が乗り込まないように使用人たちは奮闘していた。

すべては確実に白銀とかぐやが出会えるようにするためである。

エスカレーターに乗る白銀の姿を、早坂の鋭い視線がしっかり捉《とら》えていた。

無線機を通して、主《あるじ》に報告する。

「対象、進行中！　ランデブーポイントまでカウントダウン5、4、3、2、1」

映画館の入り口に白銀がたどり着くと、かぐやの姿を見つけた。

かぐやも白銀に気づいて声をかける。

「あら、会長『偶然』ですね」

「ああ四宮、『偶然』だな」

なんてことのない風に声をかけて、白銀は映画館内へと歩を進めた。

（やはり来たか……四宮）

口にした言葉とは裏腹に、白銀はこの出会いが偶然とは考えていなかった。

なぜならば、ここでかぐやと出会えなければ、白銀は映画館の入り口を見張ることのできるカフェでかぐやを待とうと思っていたからだ。きっとかぐやも同じようにしたに違いない。そして、自分を見つけたからこそ現れたのだと白銀は想像した。

そして、その想像はほとんど当たっていた。ただ違うのは、白銀が想像する何倍もの費用と人員を使って、かぐやが大がかりな準備をしていたことだった。

そしてかぐやも、そのことを悟らせるつもりはなかった。

かぐやは白銀の背中を追うように映画館を歩く。

映画館の中は男女問わず、様々な年代の人たちで賑《にぎ》わっていた。

カップルや家族連れ、子供たちも多くいて元気に走り回っている。

それらの人々を飽きさせないために菓子やジュースを売っているコーナーもあれば、パンフレットや関連グッズの売店もあった。

上映作品の等身大キャラクターパネルや、写真用の顔出しパネルなども置いてある。

ふとかぐやは『12匹のペンタンG』というアニメの顔出しパネルを見つめた。だが、決してそのアニメに興味があったわけではない。

事実、かぐやはその顔出しパネルの前で足も止めなかった。

ただ、すれ違いながらかぐやはパネルにこう声をかけただけである。

「あなたたちはもう引き上げて構わないわ」

パネルに顔を入れて様子をうかがっていた早坂が答えた。

「かしこまりました……」

無秩序な人の動きを制限し、白銀とかぐやが完璧なタイミングで出会えるように準備していた使用人たちは、「お疲れ様でした」と口々に言い合いながら、仕事の成功をひっそりと祝い合うのだった。

チケット売り場にやってきた白銀は、かぐやに何気ない風に切り出した。

「時間までピッタリとはな。待ち伏せでもしていたんじゃないのか」

「まさか、ご冗談を」

これくらいの攻防で心を乱すかぐやではない。

彼女は平然とシアターに歩いて行こうとして、

「おい待て。そのチケットのままじゃ入場できないぞ」

と、白銀に呼び止められた。

「そうなんですか……？」

きょとんとするかぐやに、白銀は説明した。

「ここで前売り券を入場券にしてもらう必要がある」

「なるほど……。ここでですね……」

知らないことは恥ではない。なにせ映画館で映画を観るなど、かぐやにとっては生まれてはじめてのことなのだ。かぐやは素直にそれに従った。

カウンター前に二人で並ぶ。

「次の方どうぞ」

男性店員に呼ばれて、白銀は受付へと歩く。だが、なぜかあとをついてくる気配がなかった。

「前売り券を入場券に……。前売り券を入場券に……」

「!?」

白銀が振り返ると、かぐやはなにやら集中している様子でぶつぶつとつぶやいていた。

(なんで立ち止まってんだよ？　一緒に入場券に換えないと座席がバラバラに……)

「次の方どうぞ」

女性店員に呼ばれて、かぐやは迷いなく歩き始めた。

——白銀が呼ばれた隣の窓口に。

「おい……」

呼び止めようとする白銀だが時既に遅く。

「あの……これを入場券に換えてください……」

かぐやは受付に前売り券を渡してしまっていた。

「はい。『ラブ・リフレイン』ですね。十分後の字幕版でよろしいでしょうか？」

「はい……」

「それでは座席のほうをお選びください」

これまでスムーズにできていたやりとりが、そこで止まった。

「座席？　ですか……？」

「はい。すべて座席指定となっています」

「！」

かぐやはここにきてはじめて、己《おのれ》の不覚を悟った。

（座席指定ってなに……？）

箱入り娘のかぐやにとって、映画とは自宅のシアターで観るものである。当然、座席指定というシステムについても理解していない。

固まってしまったかぐやを見て、白銀は徐々に彼女の行動の意味を理解した。

（あいつ、チケットのシステムまるで理解してなかったのか⁉　お嬢様だとは思っていたがこれほどとは）

驚く白銀をよそに、かぐやは深呼吸して冷静さを取り戻していた。

（一旦《いったん》整理しましょう。まず目的は、この恋愛映画を会長の隣で観ること。それで時々手なんか当ててみたりして、会長がドギマギしている様子を私は楽しむ）

これだ。

これこそが今日のかぐやの目的なのだ。

白銀が自分の魅力に翻弄《ほんろう》されるさまを想像し、思わずかぐやの頰《ほお》が緩む。

「あの、お客様……？」

呼びかけられる声にも気づかず、かぐやは思考を進める。

（けど、もしこの座席指定というものに失敗すれば……）

想像の中で、かぐやはカップルに挟まれて一人空《むな》しく座っていた。

右隣のカップルはまるでここが二人きりの世界だとでもいうようにベタベタしている。

左隣のカップルはまるで二人のために世界が回っているかのようにイチャイチャする。

（じょ……冗談じゃないわ!!　なんとしても会長の選んだ座席の隣を選ばなくては！）

白銀はそんなかぐやの様子を見て、嘆息した。

「ありゃだめだ……」

かぐやは白銀の目から見ても真剣に悩んでいる。

このままでは二人の席は離れればなれになってしまう。それでは映画を一緒に観る意味がない。

だが、もしここで白銀がどの席を取ったのかかぐやに教えると、「あら、会長。そんなに私の隣で映画を観たかったのですね。お可愛いこと……」と言われてしまうに違いない。

白銀としても、それだけはなんとしても避けたい。

（あくまで自然に俺の座席を伝える方法はないか!?）

と、そのとき、子供の声が響いた。

「あ、ペンタンだ！」

「本当だ、ペンタン！」

そちらを向くと、映画宣伝のための着ぐるみが歩いてきた。

ずんぐりむっくりした体が、よちよちと歩くたびに左右に揺れている。

着ぐるみは『ペンタン』と書かれたタスキをつけ、その手には『12匹のペンタンG』と大きく書かれたプラカードを持っている。

それを見つけた子供たちが「あ！　ペンタンだ！」と近づいていく。

（これだ……！）

白銀はそこに活路を見いだした。決意を秘めた声で、受付の男性に告げる。

「ここをお願いします」

一方、かぐやはまだ悩んでいた。

既に入場券を手にした白銀はそこに近づいていき、何気ない風を装って声をかけた。

「四宮？　まだ悩んでいるのか？」

「会長は……？　もう席を決めたんですか？」

「……ああ。あの『ペンタン』がつい印象に残ってしまってな。それにちなんだ座席にしたんだ」

それだけ言って、白銀は一瞬だけ目を閉じた。

（なかなか苦しいが……さすがに伝わるだろう。児童文学の枠を超え世界的な社会現象になったあの『12匹のペンタンG』の映画化。俺はG12を選んだ。お前はG11を選ぶんだ！　わかったか、四宮⁉）

白銀は期待を込めてかぐやを見た。

「？」

かぐやが不思議そうな顔をする。

かぐやは気づいていないが、彼女のせいで受付は滞《とどこお》り、大行列ができてしまっていた。後ろに並ぶカップルたちは、渋滞の原因となっている白銀とかぐやを睨《にら》むように見ながら苛立《いらだ》ちを隠そうともしなかった。

受付の女性が控えめに言った。

「お客様？　早く座席をお決めに……」

「っ！」

そしてようやく、かぐやは理解した。

（なるほど会長……。わかりました。あの『ペンタン』ですね！　炭素数が5個のメタン系炭化水素。香りのある無色、揮発《きはつ》性の液体。分子式は――）

かぐやの脳内にペンタンの分子式が浮かぶ。アルファベットと数字で表現される冷たい文字列。この無機質な文字列が、今は二人を繋《つな》ぐ絆《きずな》となるのだ――！

「C―5、H―12」

かぐやは座席表を見る。C5の座席は空いている。これは関係ない。つまり残ったH12が白銀の選んだ座席だとかぐやは判断した。

（まったく会長ったら……。私じゃなければ伝わりませんよ）

「H11！　ここでお願いします！」

迷いなく注文するかぐやだったが、聞き耳を立てていた白銀は動揺を隠せなかった。

（おい！）

――白銀の『12匹のペンタンG作戦』はまったく伝わっていなかった。

■■■

十分後。

かぐやはカップルに挟まれて、どんよりとしたオーラをまといながら一人H11の座席に座っていた。

しかも最悪なことにかぐやの左右の席に分かれて座る男女が、カップルらしいのだ。彼らはまるでかぐやが視界に入っていないかのようにポップコーンを受け渡したり「あーん」して食べさせたりしている。

これほど傍若無人《ぼうじゃくぶじん》にいちゃつくカップルに出くわしたことがないかぐやは、注意していいものなのかもわからず、ただおろおろすることしかできなかった。

またかぐやの斜め前に座る白銀も、なんとかかぐやにポップコーンを手渡そうとするのだがこれまた両隣のカップルがポップコーンを食べさせ合っていて邪魔されてしまう。
気持ちはわかる。映画館で食べるポップコーンはとても旨《うま》い。
だけどその日の白銀のポップコーンは、なんだか塩味が効きすぎているようだった。
スクリーンに映し出される新作映画の予告編では、全米がまた泣いていた。

第3話 『白銀御行は見舞いたい』

後日、秀知院《しゅうちいん》学園の生徒会室。

白銀《しろがね》とかぐやは黙々と事務作業にあたっていた。二人の間にはどこかよそよそしく、冷たい空気が流れていた。

一般的に恋人未満の男女が初デート後に学校で顔を合わせる場面は、一つの山場といってもいい。

デートが失敗してしまった場合の気まずさは世界の終わりのように感じられるし、もしうまくいっていても気恥ずかしさから自然に振る舞えなくなる可能性がある。

この山場を乗り越えられるかどうかで、その後の展開は大きく変わってくる。

デートが失敗した場合はどちらからでもいいから謝罪してなんとかリカバリーすべきだし、成功した場合は周囲の目など気にせずがんがん距離を詰めればいい。

だが、白銀とかぐやは、そのどちらの対応もとれないでいた。

というか、あれは果たしてデートだったのだろうか。

斜めの席で映画を観《み》て、それが終わったら喫茶店で感想を語り合うこともなくさっさと別れてしまったのだった。

それは最早デートとは呼べず、ゆえに成功も失敗もないのだった。

だが、周囲にはそんな事情は伝わらない。

藤原《ふじわら》がにまにまと二人の顔を見比べながら冷やかした。

「へえ、結局二人で観に行ったんですね『ラブ・リフレイン』。ひゅーひゅー！」

「別に二人で観に行ったわけではない」

白銀は真顔のまま答えた。

「そのとおりです。たまたま偶然会っただけです」

かぐやも同意すると、そこに横から石上《いしがみ》が口を挟んだ。

「ですよねー。まさか待ち伏せとかキモいことやったのかと思いました」

「！」

かぐやは息をのんだ。

かぐやにとって石上はただの後輩ではない。これまでかぐやは後輩の男子と会話することなど、ほとんどなかった。

生徒会に入ったからとはいえ石上に仕事を教えたり、細々《こまごま》した事務作業を手伝ってもらうのは新鮮な体験だった。

恋愛の対象として見ることはできないが、根が素直な石上はいつしかかぐやにとっても可愛《かわい》い存在となっていた。

だが、そんなかぐやにも昨日のことは苦々しい記憶となっている。

たとえ相手が石上でも、図星を指されていい気分はしない。

思わず睨《にら》みつけてしまうかぐやである。

「！」

石上は、剝《む》き出しの殺意をぶつけられたように感じた。

ジェットコースターで落下するときのような重さが腹にくる。

「こ、殺されるまえに仕事に集中します……」

恐怖に負けた石上はＰＣに向き直った。

生徒会のメンバーたちがそんなやりとりをしていると、ノックの音が響く。

「はーい、今開けまーす」

藤原がドアを開けると、顔を出したのは実直そうな少年だった。

「あー、翼《つばさ》くん……わっ」

藤原は慌《あわ》ててドアから飛びのいた。

翼は「失礼します」と言って形ばかり頭を下げると、藤原を押しのけるようにして白銀のところへ駆け寄ってきたのである。

「白銀会長！　ちょっと恋愛相談をよろしいですか？」

「えっ……？」

白銀は驚いて声を上げた。

かぐやもまた翼の言葉に衝撃を受け、思わず聞き耳を立てる体勢に入る。

「恋の百戦錬磨である会長になら、なにかいいアドバイスをいただけるのではないかと思って……」

翼は、真面目《まじめ》な顔で白銀に頼み込んだ。

「ああ……そういうことか……」

翼の言葉に、白銀はしたり顔でうなずいてみせる。

だがその実、彼の内心には疑問が渦《うず》を巻いていた。

(はぁ？　恋の百戦錬磨ってなに⁉　俺いつの間にそんなイメージついたの？)

翼の認識は間違いである。

自慢ではないが、白銀に交際経験はない。それなのに、どこでどうなって恋の百戦錬磨などと誤解される羽目になったのか。

他人から期待されるということは諸刃《もろは》の剣《つるぎ》である。

たとえば、翼がただの同級生として白銀を頼ってきたのならば気安くアドバイスもできよう。もしそれで失敗してしまったら慰めるためにラーメンの一杯でも奢《おご》ってやりながら、思う存分、失恋の愚痴《ぐち》を聞いてやればいい。

だが、翼は同級生としての白銀ではなく、恋の百戦錬磨としての白銀に相談しに来ているのだ。

とんでもない期待をかけられている。そして、期待が高まれば高まるほど、失敗したときのダメージは大きくなるのだ。

ちょっとした段差から飛び降りても怪我《けが》はしないが、ビルの屋上から落下したら助からないのだ。

（じゃあ、この相談でボロを出したら……）

白銀は恋愛相談に失敗してしまった場合に起こりうる事態を想像した。


「会長、童貞だった」

翼はそう結論づけた。

恋の百戦錬磨が恋愛相談に失敗するはずはない。そして白銀は失敗した。つまり白銀は恋の百戦錬磨ではない。そんな三段論法だ。

そして、恋の百戦錬磨でなければ、当然、童貞であるということだ。

白銀童貞。

そのニュースは白銀に憧れていた女生徒たちの間であっという間に広まった。

「えー童貞⁉」

「マジ幻滅ー」

たちどころにそのニュースは周囲の生徒たちに伝播《でんぱ》し、「白銀童貞」「童貞会長」と嘲笑《ちょうしょう》の輪が広がっていく。

そんなことになれば、これまでのように白銀は廊下の中央を歩けなくなってしまう。

廊下の片隅《かたすみ》に身を隠し、屈辱《くつじょく》と共にそれを聞いていた白銀は、ふいに背後に気配を感じ振り返った。

「し……四宮《しのみや》⁉」

四宮かぐやは他の女子生徒のようにあからさまな失望や侮蔑《ぶべつ》を投げつけてくることはない。しかし、その代わりに白銀が最も恐れる行動を的確にとってくるはずだ。

かぐやは口元に手を当て、ただこう言うのだ。

「お可愛いこと……」

勝ち誇った、かぐやの顔。

「！」

だめだ。

そんなことになっては、すべてがおしまいだ。

（乗り切るしかない……！）

白銀は覚悟を決めて、翼に言う。

「わかった……。しかし、ここじゃあれだ。出よう」

場所を変えるのは最低限必要だ。かぐやや藤原などの女性陣に聞かれていては細かい粗《あら》を指摘されるかもしれないし、石上の鋭い観察力のまえでは下手な嘘《うそ》はすぐにバレてしまうだろう。

白銀は異論が出るまえにさっさと生徒会室から出ていった。

相談を受けてもらえるとわかった翼は、期待に顔を輝かせながら白銀の背中を追った。

かぐやは彼らの後ろ姿を見送りながら、

（会長が恋愛相談……？　これは会長の恋愛観を知る絶好の機会……！）

と、翼とはまた別の期待に胸を膨らませていた。

腕時計型の通信機に向かって、かぐやは告げた。

「早坂《はやさか》」

■■■

中庭を歩きながら、白銀は翼に水を向けた。

「で、恋愛相談とは……？」

「実は……クラスメイトに柏木《かしわぎ》さんという子がいるんですが、彼女のことが好きなんです」

白銀はその名前に心当たりがあった。

「ああ……柏木渚《なぎさ》、四宮と同じクラスの女子か」

「はい。告白したいと思っていて……」

「告白か……」

白銀はそれを聞いて、足を止めた。

「まあ、告白するのも準備がいるからな」

「準備？」

翼はそう返して、大きくうなずいた。

「やっぱりそうですよね。会長ならなんでも知ってますもんね」

「…………まあな」

と、真剣な顔で話し合う二人は気づかなかったが、そこに近づいてくる影があった。

空中を浮かぶトイドローンである。

トイドローンには無線機とカメラが取り付けられており、その小さな機械は白銀たちの様子をじっとうかがっていた。

屋上からこっそりとそれを操縦していたのは、早坂である。

そして生徒会室では、かぐやがそのデータを受け取っていた。

かぐやが特注のメガネをかけると、ドローンが撮影した白銀と翼の映像がそこに映しだされるのだった。指向性のマイクで二人がなにを喋《しゃべ》っているかもばっちりと聞き取ることができる。

「だから会長のアドバイスで、僕の気持ちを柏木さんにちゃんと伝えたいと思って」

映像の中で翼が誠意を示すように頭を下げた。

白銀はそんな翼に腕を組んで、試すように質問する。

「なるほどな……。ちなみに手応《てごた》えはあるのか？」

「バレンタインにチョコをもらいました」

ドローン越しに翼の返答を聞いたかぐやは、なるほどとうなずいた。それならば、うまくいく可能性は高い。

同じような感想を抱いたのか、白銀の声も少しだけ柔らかくなっていた。

「お、どんなのだ。手作りか？」

「いいえ。チョコボール……三粒です……」

「！」

思わず立ち上がってしまうかぐや。

（えー！　た、たったの三粒！）

「やっぱり、これって義理ですよね……」

（そんなの当たり前よ。義理以外のなにものでもない！）

翼の言葉に深くうなずくかぐやだった。

だが、白銀の感想は違った。

「いや、間違いなく惚《ほ》れてるな……」

「!?」

白銀の言葉に目を見張るかぐや。

（どうして？　どうしてそうなるの？）

混乱するかぐやと同じで、翼も白銀の言葉は受け入れられなかったようだ。

「え、いや、でも柏木さんにその気はないと思います……。この間も……」


それはある日の出来事だった。

中庭を掃除している最中、翼は唐突に柏木に質問されたのだ。

「ねえねえ、翼くんってさ、彼女とかいるの？」

「いないっす」

突然そんなことを質問された翼は、期待と共に正直に答えた。

まさかとは思いながらも、渚が「じゃあ、私と付き合ってよ」なんて言ってくれるかもしれないと妄想を膨らませた翼だったが――

「やっぱり！」

だが翼の答えを聞くと、柏木は元気よく踵《きびす》を返し、待っていた女子生徒に伝えた。

「彼女いないってー」

その渚の言葉に、二人の女子生徒が笑い声を上げた。

「やっぱりねー」

「絶対いないと思ってた」

女子生徒二人と共に、柏木はケラケラと笑っていた。


そこまで話して、翼は力なく息をついた。

「ってことがありまして……」

その話を聞いたかぐやは首を振った。

さながら臨終《りんじゅう》を迎えた患者の家族に応対する医師のように。

(それは、残念だけどからかわれているだけね……)

だが、白銀の感想はまたしてもかぐやと違うものだった。

「んんー、んんーん？」

腕を組み、思考を巡らせ、白銀は一つの解を導き出した。

「お前、モテ期来てるな……」

「えぇー!!」

思わずかぐやは叫び声を上げてしまった。彼女の動揺に反応したかのように、ドンとトイドローンが木にぶつかってしまう。

白銀は、力強い口調で翼を諭《さと》した。

「いいか、女ってのは素直じゃない生き物なんだ！　常に真逆の行動をとるものだと考えろ！」

「真逆の⁉」

「ああ」

身振り手振りも激しく、白銀は翼に女性の心理を伝授する。

「つまり、からかうようなそれらの行動は逆に本命！」

「逆に⁉　その発想はなかったっす！」

逆にもなにも、そんな発想は誰にもない。

だが心の中でつっこみを入れ続けるかぐやとは対照的に、盛り上がり続ける男二人。

二人のテンションは今や最高潮に達していた。

白銀はその勢いに任せ、翼の頭をかすめるように平手を突き出し、彼の背後にある壁を強く突いた。

ドン、と大きな音に翼はびくりと身を竦《すく》ませる。

「突然壁に追い詰められ女は不安になる。が、『俺と付き合え』。耳元で愛を囁《ささや》いた途端に不安はトキメキへと変わる」

白銀は自信たっぷりに言う。事実、白銀に迫られた翼はどきどきして思わず口元に手を当ててしまっていた。

「この技を俺は『壁ダァーン』……そう名づけた」

「『壁ダァーン』……？」

あまりに斬新な必殺技に、翼は痺《しび》れた。

（会長……。それを言うなら『壁ドン』です。残念ながら既《すで》にあるやつだし、しかもものすごく古い……）

残念すぎる流行遅れに、かぐやは呆《あき》れた。

「会長……」

翼がこれまでとは違ったトーンで白銀を呼ぶ。

「⁉」

翼の変化に、白銀は自分が失敗してしまったのかと焦りを隠せない。

（しまった……。バレたか⁉）

異性との交際経験のない白銀は、これまで必死に虚勢《きょせい》を張っていたのだった。

プレゼンのコツは、とにかく自信を持って喋ることだ。

自信満々に伝えれば、聴衆は知らない自分が間違っているのだと思い込む。いや、むしろ知らないことは恥ずかしいとまで考えてもらえばこっちのものだ。

白銀はそんな効果を狙った策でこの恋愛相談を乗り切ろうとしたが、さすがに無理があったのだろうかと冷や汗をかいた。

だが、

「天才……！」

喜び、尊敬の眼差《まなざ》しを向ける翼だった。

翼は白銀の理論を神からの啓示の如《ごと》くありがたがり、彼の偉大さに打ち震えていたのだった。

白銀は相談への対応が成功したことを知り、満面の笑顔を翼に返した。

二人の男の間には、いまや熱い信頼関係が結ばれていた。

一方、かぐやはガクッと崩れ落ちた。

（バカしかいないの⁉）

すると窓ガラス越しに、数人の女子生徒が廊下を歩いているのが見えた。

その中に、想い人がいるのを見つけて、翼は叫んだ。

「あ、柏木さん……！」

飼い主を見つけた犬のように顔を輝かせる翼を見て、白銀は安心してその背中を押すのだった。

「行け‼」

指示を出す白銀にも、それを受けた翼にも、もう迷いはなかった。

「はい……！」

勝利への道は見えている。

柏木渚というゴールへ向かうウイニングロードを、翼はひた走った。

「！」

焦ったのは傍観者であるかぐやのほうだ。

翼は本当に白銀に習った壁ドン……いや、壁ダァーンをしようとしているのだろうか？

あれは少女漫画などでイケメンにやられるからときめくのだし、そもそも前提として色々な前振りが必要なものではないだろうか。

まさか翼はあんな勢いで走っていって、出会い頭《がしら》に柏木に壁ダァーンをしようというのだろうか。

かぐやは想像してみた。

もし自分だったらどう感じるだろうか。

廊下を歩いていたら、同級生のさして仲良くもない男子生徒が走ってきて唐突に壁ダァーンしてくるのだ。

──恐怖以外のなにものでもなかった。

（嘘でしょ……？　ね、やめたほうが……！）

翼と、そして唐突な恐怖に襲われるであろう柏木のためを思ってかぐやは祈った。

そんなかぐやの祈りが届いたわけではないだろうが、柏木は翼に背中を向けるように進路を変えた。

柏木を追って、翼はさらに速度を上げた。

（無理無理無理無理無理！）

お願いだから思いとどまってほしいと願うかぐやの心の声をかき消すように、翼は声を上げる。

「柏木さん！」

そして振り向いた柏木に力強い視線を向けたまま歩く。

その勢いに押されて、柏木は一歩、二歩と後じさる。

そのまま翼は、柏木を壁に追い詰めた。

「え……？」

驚く渚に、翼は言葉をかけなかった。挨拶《あいさつ》など必要ない。必要なのは、師から習ったばかりの必殺技だ。

手のひらにありったけの思いを込めて、翼は柏木の顔をかすめるようなコースで校舎の壁に突きを繰り出した。

壁ダァーン。

練習なしの一発本番。

どデカい音が秀知院に響く。

「俺と付き合え」

そして、耳元で殺し文句。

(言っちゃった……)

かぐやはぽかんと口を開けて、事態の成り行きを見つめるしかなかった。

そして、翼のあとを追っていた白銀も、どうなるのかと固唾《かたず》をのんで見守る。

「……」

しばしの沈黙のあと、不安そうにしていた柏木の顔が、トキメキに変わった。

「……はい」

「え、マジか⁉」

新たなカップルが成立した瞬間、白銀は驚きの声を上げる。

あまりの衝撃に、トイドローンも墜落《ついらく》してしまった。

突然のカップル成立——その衝撃に、かぐやの端整な顔立ちが歪《ゆが》んでいた。

「どうしたんですかぁ？　かぐやさん？　変なメガネかけちゃって」

藤原から話しかけられて、はっとかぐやは我に返った。

「！　あ、いえ……、これは違います」

白銀たちを盗み見していたことがバレてはまずいと慌ててメガネをしまうかぐやの前に、藤原がコーヒーを置いてくれた。

「聞いてくださいよ～。聞いて聞いて聞いて～～～」

独特のニュアンスから、かぐやは藤原の話がなんなのか理解できた。

「またペスの話ですか」

愛犬の自慢話となると、藤原は長い。

害はないのだが、これまでにも他愛《たわい》ない話を何度も聞かされ続けたかぐやは苦笑するしかない。

「四宮先輩、サインお願いします」

生徒会メンバーにとっては、藤原のペスの話は環境音と同じだ。石上もまったく気にせず、仕事を続けるつもりでかぐやに書類を差し出した。

かぐやはコーヒーに口をつけながら、その書類を受け取ろうとして、

「はぁい。すっごいんですよー、ペスのちんちん！」

手ではなくコーヒーが出た。

口に含んだコーヒーを盛大にかぐやが噴き出すと、それはちょうどかぐやに書類を差し出していた石上に降り注いだ。

「どうかしましたか？」

きょとんとする藤原。

なにが起きたかわからず硬直する石上。

「いえ……。わ、わかっていますよ。犬の芸ですよね。鎮座《ちんざ》を語源とするところのちんちんですよね。私だって最近はそういうことの勉強もしているんですから……」

そう、わかっている。

藤原は別にかぐやを笑わそうとしているのではない。彼女は愛犬の他愛ない話をしたいだけなのだ。それに動揺する自分のほうが間違っている。落ち着かなければ――

かぐやは冷静さを取り戻すためにコーヒーを口にした。

藤原は話を続ける。

「それでぇ、ペスのおすわりとかお手とかは普通なんですけど、ちんちんが凄《すご》く変なんです！」

再びコーヒーを噴き出し——そうになったが、かぐやはなんとか堪《こら》えた。

大丈夫だ。覚悟していれば、耐えられる——

「なんていうかこう……、やけにちんちんが左に曲がってるんですよー」

藤原は自分でちんちんのポーズをしてみせた。

左に曲がっている。

それでもう、だめだった。

かぐやの口から噴射されたコーヒーは再度、石上へとぶっかけられた。

「えーっ⁉　大丈夫ですかぁ⁉」

藤原は急いでタオルを差し出した。

「すみません、ムセてしまって……」

かぐやはタオルで顔を覆いながら、ぷるぷると震える。

（なんなのこれ⁉　どうしてちんちんという単語を聞くと笑いが⁉）

——下ネタ。

かぐやは超箱入りのお嬢様である。そんな彼女は下ネタに対する免疫がない。

小学校低学年の頃、誰しもくだらない下ネタで笑ってしまった経験があるだろう。

クラスの誰かが「おっぱい」と言えばどっかんどっかん場が湧き、他の誰かが「ちんちん」と言えばそれだけで教室中が大爆笑である。だがいつしか誰かが「それのどこが面白いの？」と疑問を覚え、やがて誰も「おっぱい」や「ちんちん」と口にしなくなってしまう。……そう、誰もが大人への階段を一歩上るのだ。

だが、かぐやにはそんな経験はなかった。彼女の周りで、下ネタを口にする者など皆無だったのだ。

そのため、かぐやは今まさに「ちんちん」や「おっぱい」という単語を聞いただけで爆笑してしまうという誰しもが通った道に、足を踏み入れているのだ。

しかし、かぐやはそんな自分の状態に気づかない。思い当たるはずもない。

混乱するかぐやを無視して、藤原の話は続く。

「ペスってずるいんですよー。餌《えさ》があるときだけ、ちんちんおっきくして、ないときはちっちゃいちんちんちんなんです」

「も……もうやめて‼」

かぐやはたまらず、慈悲を乞《こ》うた。

かぐやは痛みに耐えられる。退屈にも耐えられる。

だが、ちんちんという単語の持つ破壊力には耐えられない。

常にないかぐやの弱気に、藤原はようやくその異常さに気づいた。

一方、かぐやは冷静に事態の打開を図《はか》った。

（この私がこんな下品な言葉で笑っちゃうと気づかれたら、四宮家末代までの恥！）

深呼吸して落ち着くのだ。

心頭滅却《しんとうめっきゃく》すれば火もまた涼し。

冷静にさえなれば、たとえペスのちんちんが大きかろうがちっちゃかろうが心なし左に曲がっていようが、問題はないはずだ。

「かぐやさん……もしかして……」

なにかに気づいた藤原が、両手を合わせて人差し指だけ突き出した。

銃――いや、あれは大砲を模したポーズだ。

藤原はその大砲をへその下へと持っていく。

そして発射。

「ちんちん」

発射の反動で、大砲の砲身が跳ね上がった。

「……」

大砲から放たれた砲弾がかぐやに直撃する。

笑いの爆発が起こった。

「！」

かぐやは尋常ではない様子で笑い転げている。

そんなかぐやを見て、藤原の心にかつてない幸福感が広がった。

藤原にとってかぐやはかけがえのない親友である。

そんな藤原にとってもかぐやの笑顔というものは、梅雨《つゆ》の晴れ間のように、あるいは雪解《ど》けに咲く花のように希少なものだった。

藤原はかぐやの笑顔が大好きだった。

かぐやの笑顔が見られるならば、藤原にはそれを躊躇《ちゅうちょ》する選択肢はない。

藤原は何度も繰り返した。

「ちんちん」

藤原がその単語を口にするたび、それはかぐやのツボにハマった。

来るとわかっているのに笑わずにいられないことが、かぐや自身、不思議だった。

「お願い、もうやめて！　お願いだから！」

笑いすぎて腹痛を起こしてしまっているかぐやは、必死に頼んだ。

かぐやの懇願を受けて、藤原は一瞬だけ真顔になった。

その隙《すき》を逃さず、すがりつくようにかぐやは言う。

「藤原さん……もうやめてくれるわよね？」

藤原はサササっとノートに絵を描き、それを見せた。

リボンをつけたゾウさんの絵。右側に文字が書いてある。

『命名　ちん子《こ》』

かぐやは吹き出した。ちん子から逃げるように部屋を走るかぐや。だが藤原は逃さない。最高に嬉《うれ》しそうな藤原は、かぐやを追って走りながら節をつけて歌うように言う。

「ちん♪　ちん♪　ちん♪　ちん♪　ちん♪」

そういえば、かぐやはいつか聞いたことがあった。

藤原からの、かぐやの笑顔が好きだという言葉を。

生徒会に入るまで、かぐやは他人を寄せ付けることをよしとしていなかった。中等部のときは氷のかぐや姫などというあだ名をつけられていたこともある。

かぐやのことを怖がって離れていく人たちの中で、藤原だけはいつもにこにこしながら彼女の側《そば》にいてくれたのだ。

そんな藤原はいつか言っていたのだ。

『いつかゲラゲラ笑っているかぐやさんを見るのが、私の夢です～』

と。

藤原はかぐやにとっても大事な友達である。友達の夢ならばなんとかして叶《かな》えてやりたいと思うのが人情である。

だが、同時にこうも思うのだ。

(ちんちんで藤原さんの夢が叶うとか嫌すぎる！)

腹を抱えながら、かぐやは心から懇願した。

「やめてって……お願いだから」

だが、藤原はそれを聞き入れなかった。

夢を叶えた嬉しさに満ちた藤原がそれを止められるはずがない。

「ちん♪　ちん♪　ちん♪　ちん♪　ちん♪」

笑い転げるかぐやと、それに追撃する藤原。

地獄絵図だった。

そんな風に腹がよじれるほど笑っていたかぐやの意識を引き戻したのは、外から聞こえてきた次の一言だった。

「四宮か？　外まですごい笑い声が」

「！」

白銀が生徒会室に戻ってきたのだ。

白銀が入室すると、かぐやは咄嗟《とっさ》に立ち上がり、居住まいを正した。

そして、こっそりと藤原に耳打ちして釘《くぎ》を刺す。

「いい？　藤原さん。さすがに男子の前で今のはダメよ！　わかってるわよね！」

「はい♪　私とて乙女……。男子の前であんな言葉言えませんよ～」

藤原の視線の先にはハンカチで石上を拭く白銀の姿があった。

「石上？　どうした？　なんでこんなに濡《ぬ》れてんだ？」

「……」

石上は答えない。かぐやと藤原のやりとりを同室でずっと聞いていたのだが、男子と認識されないままコーヒーをぶっかけられ続けて、果たして自分という存在はなんなのかについて彼は思いを巡らせていたのだ。

そんな男子たちを横目に、藤原はにやりと笑う。

「自分の口からは……ですけどね♪」

「え？」

不穏な藤原の発言の真意を問いただそうとしたかぐやだったが、それより先に藤原が白銀に話しかけた。

「あの～会長～、ねえ会長、来て来て～」

呼ばれた白銀が藤原のもとへやってくると、

「路面電車の違う言い方ってなんでしたっけ?」

唐突に藤原がそんなことを口にする。かぐやはすぐにその意図《いと》を察した。

（ちんちん電車！　この子、会長にちんちんって言わせるつもりだわ！）

「あーなんか変な言い方あったなー」

白銀が考え始めるのを見て、かぐやは爆弾の導火線に火がついたように感じた。

（だめ！　会長の口からそんなワードが出たら、そんなの……絶対に笑ってしまう!!）

白銀がちんちんと言う場面を想像しただけでちょっと笑ってしまっているかぐやである。乙女として、絶対に阻止しなければならない事態だった。

白銀が思い出すようにしながら、それを口にする。

「確かちんち……」

「トラム！」

間一髪、かぐやは白銀の言葉を遮《さえぎ》ることに成功した。

「英語ではそう言うらしいですよ」

（セーフ……。危なかった……）

ちんちん電車という単語はなんらやましいところはない。だが、かぐやはその単語を聞いただけで笑ってしまうのだ。

白銀が口にするのを阻止するために彼よりも早く答える必要がある。だが、かぐや自身が「ちんちん電車」と口にするとそれだけで爆笑してしまう恐れがあった。

結果として、英語での言い換えをなんとか思いついたかぐやだった。

しかし、藤原もめげない。

藤原にあるのは、大好きなかぐやの笑顔をもっと見たいという純粋な欲望だった。

「……じゃあ、出世魚のクロダイが幼魚のときってなんて言いましたっけ？」

チンチンという。それが大きくなるとカイズ、クロダイと名が変わるのだ。

「ちんち……」

白銀が口にしかける。だが、それは関東の呼び名だ。かぐやはもう一つの呼び名を咄嗟《とっさ》に叫ぶ。

「ババタレ！　関西圏ではそう言うらしいですよ！」

またしてもかぐやに阻《はば》まれた藤原はすぐに次の問題を出した。

「じゃあイタリア語で乾杯は？」

CINCIN《ちんちん》という。一説によると、これは乾杯の際にグラスが当たる音が語源だという。ならば一回だけにしてCIN《ちん》でもいいではないかと思ってしまうかぐやだった。

「CINCI《ちんち》……」

「サルーテ!!　元来は健康って意味なのに乾杯のときに言うらしいですよ！」

今回の藤原とかぐやの攻防は、思考の回転の速さが勝負を決める。

かぐやにとって有利な点は、先読みが可能ということだった。藤原が誘導したい言葉はわかっているのだから、そこから逆算して対応策を考えればいい。

これは白銀とかぐやの競争ではないのだ。藤原の出題する問題にあらかじめ当たりをつけておけば、白銀よりも早く答えることはなんとか可能だった。

「じゃあ……他に……他には……」

必死に知恵を絞っていた藤原だったが、やがて悲痛な叫び声を上げた。

「ふぇー！　思いつきません－」

藤原の敗北宣言を聞きながら、かぐやはほっと胸を撫《な》で下ろした。

（防ぎきった……）

わけがわからないのは白銀である。

「なんなんだよ？　急にクイズ大会始めて」

すると、悲しみにつき動かされるように、藤原が叫んだ。

「かぐやさん……ちんちん大好きなんです！」

飛び出したのは衝撃的な発言だった。

「し、四宮が……？」

かぐやがちんちん大好きというとんでもない情報を得てしまった白銀は、なにかの間違いだろうとかぐやのほうを向いた。

「ち、違います……」

かぐやは何度も首を振って否定する。

だが藤原は止まらない。

藤原にあるのは、純粋な善意だった。

大好きなかぐやの笑顔はきっと白銀も見たいだろうと藤原も考えていた。

だから、大事な玩具《おもちゃ》を貸してあげるような気持ちで、白銀にもちんちんと一緒に言ってほしかった。

　かぐやの笑顔が見たいから——

　ただ、その一心で藤原は叫ぶ。

「だから、かぐやさんのために会長にもちんちん出してもらいたかったのに！」

「⁉」

　白銀が「マジかよ」という目でかぐやを見つめた。

　残念ながら藤原の言葉は誤解を生み、正しく白銀には伝わらなかった。

「違いますって……！」

　かぐやは否定するが、うまく説明できない。白銀はますます混乱した。

　気になる異性のためになぜかちんちんを出してほしいと別の女子から頼まれた——そんな異常事態に対応できるほど、白銀は大人ではなかった。

「そんなもんここで出すわけないだろ！　いったいなに考えているんだ！　変態‼」

　混乱した白銀は下半身を隠しながら走り出し、そのまま生徒会室を飛び出していった。

「会長……‼」

　かぐやの言葉は、空《むな》しく宙に響くだけだった。

■■■

翌日、かぐやは学校に来なかった。

その理由を藤原に聞いた白銀は、思わず大声を上げてしまった。

「原因不明の高熱⁉」

「はい。だからかぐやさんにプリント届けてほしいって先生に言われて。会長、お願いできますか？」

「なんで俺が？」

お前が頼まれた仕事だろうと言外に伝えると、藤原は怒ったような顔をした。

「だって、会長のせいですよ。かぐやさんが熱出しちゃったの」

「俺の⁉」

そう言われても、白銀にはさっぱりわけがわからなかった。

藤原は仕方ないなという風に視線を落とす。

「会長が変態だなんて言うから……。傷ついてましたよ」

「で、でも、あれはあいつが変なことを……」

白銀が弁明しようとすると、石上が口を挟んだ。

「違いますよ。変なこと言わせようとしたのは藤原先輩っす」

「そうだったのか⁉」

それならば納得できる。かぐやが突然、ちんちんが大好きなどと生徒会室でカミングアウトするはずない。ましてや白銀にちんちんを出してほしいなどと。

「えっ、全然記憶にないです」

藤原がびっくりしたような顔をする。

「うえっ⁉」

とぼけているのか本気なのかわからない藤原の反応に、石上が信じられないというように目を剝いていた。

藤原は話題を変えるように言う。

「そんなことより～、知ってました？　熱出したときのかぐやさんって、すっごいあまえんぼさんになるんです！」

（あまえんぼ……⁉）

それを聞いた途端、白銀の脳裏に稲妻のようにその光景は浮かんできた。

汗を拭いてほしいと背中を向けてくるかぐや。

おかゆを食べるためにひな鳥のように口を開け「あーん」をねだるかぐや。

――普段のかぐやからは想像もできない光景である。だが、それも不思議ではない。

なにせ、あまえんぼになるのだから。

あまえんぼ。

なんと甘美な響きであろうか。

「仕方がない。俺が行こう」

白銀は宣言した。

実際にはあまえんぼのかぐやがどういう存在なのかさっぱりわからない。

だからこそ確かめに行かねばなるまい――そんな固い決意と共に生徒会室をあとにした白銀だったが、その数時間後、実際にかぐやの住居を目にして立ち竦んでしまった。

侵入者は決して許さないという覚悟を感じさせる門構え。

その奥にそびえる大豪邸。

その偉容をまえにして、白銀は思わずつぶやいた。

「すげえ……これが四宮の家か……」

勇気を振り絞ってインターフォンを押したものの白銀は早くも後悔し始めていた。

(やべぇ……なんだか緊張してきた)

「どうぞ、お進みください」

やがて若い女性の声がインターフォンから聞こえてくる。

迎え入れるように開いた門を恐る恐るくぐり、白銀は四宮家に足を踏み入れた。

屋敷の出入り口ではメイド姿の少女が白銀を出迎えてくれた。

白銀は気づかない。その少女がかつて映画館で顔出しパネルから白銀とかぐやのことを見守っていた優秀な近侍《ヴァレット》であると。

屋敷の立派さと、同級生の家に行ったのになぜかメイドに出迎えられるという非現実感に、白銀は緊張していた。

「ほんと……すごい家ですね」

屋敷を案内されている最中、無言に耐えきれなくなった白銀が口にできたのは、そんな語彙《ごい》力が失われたような感想だけだった。

そんな白銀を笑うこともなく、早坂は会話を続ける。

「ここは四宮家別邸です」

「別邸？」

聞き慣れない言葉だ。別荘——とは違うのだろうか。

「はい。ここに住んでいるのはかぐや様と使用人たちだけです」

「ご両親は……？」

「お母様はかぐや様が幼い頃に他界、当主であるお父様は京都の本邸に住んでいらっしゃいます」

「そうだったんだ……」

本邸というと、ここより豪華なんだろうか。

ふと、家族もなくこんな広い屋敷に一人で暮らすかぐやのことを白銀は思った。

その一方、狭いボロアパートで、口を開けばなにかと喧嘩腰《けんかごし》な妹と、だらしのない父親と暮らしている自分――

果たして、経済的に恵まれていることと、家族と一緒に暮らせることのどちらが幸せなのだろうかと白銀は考えた。

「こちらがかぐや様の寝室になります」

考え事をしているうちに、目的地についたようだ。

早坂が部屋のドアを開ける瞬間、白銀は緊張に息をのんだ。

「かぐや様。お客様がお見えです」

「お客……？」

かぐやの不機嫌そうな――いや、違う。これは寝起きの声だ。かぐやのくぐもった声が聞こえて、白銀はそれに応えながら部屋に入った。

「四宮」

白銀の姿を認めると、どこかぼんやりしていたかぐやが、大きく目を見開いた。

「かいちょうだ！　え、え、どうして？　どうしてかいちょうがいるの？」

普段よりも幼い口調でそんなことを言う。

「いや、その……」

普段のかぐやとのあまりのギャップに白銀はたじろいだ。

一方、かぐやはベッドからするりと抜け出ると、なぜか白銀のまわりをくるくると回り始めた。

「きょうからすむの⁉」

「いや、住まないし！」

どうだ、と言わんばかりに人差し指を突きつけられた白銀だったが、すげなく否定した。

(確かに、いつもの四宮とはなにかが違う。だが、これはあまえんぼというか……なんていうか……)

困惑する白銀。

かぐやは部屋中に花びらをまき散らし、それを拾い上げては宙に投げ、また床に散らばった花びらを拾い上げて投げて――そんな無意味な動作を繰り返している。

白銀はようやく確信した。かぐやはあまえんぼになっているのではない。かぐやは、

(ただのアホになってる‼)

「では私はそろそろ仕事に……」

早坂が声をかけて退室しようとするので、白銀は小さく頭を下げた。

「あ、はい……」

部屋を出るまえに、早坂が言い残した。

「いいですか？　この部屋には三時間ほど誰も絶対に入りませんが、変なことをしては絶

対にいけませんよ?」

「し、しませんよ……」

早坂はさらに念を押すように、

「そのうえ、この部屋は防音完璧ですし、かぐや様の記憶は残りませんので、なにしたってバレっこないですが、絶対に絶対に! 変なことしちゃダメですよ」

「だからしないって!」

本当にそんなつもりはないのに、こんな言われ方をするとまるでそうするよう求められている気さえしてくる。いや、さすがにそんなはずは——

「では」

早坂が退室し、白銀はかぐやと同じ部屋に二人きりで残された。

ぼーっとした顔で見上げてくるかぐやを、白銀はどうしたものかと思う。

そこでようやく白銀は手土産《てみやげ》があることを思い出した。

「……四宮? 色々飲み物買ってきたんだが、いるか?」

「はなび?」

「いや、花火じゃない……」

病人への見舞いに花火を持っていく意味がわからない。

(だめだ……。今の四宮には話の文脈という概念が存在しない。割とマジで弱ってんだな)

かぐやは花火がもらえないとわかって機嫌が悪くなったのか、先ほどまでの活発な様子とはうってかわってベッドに倒れ込んでしまった。

『会長のせいですよ。かぐやさんが熱出しちゃったの』

藤原の声が、白銀の頭に響いた。

「なぁ……四宮、もしかして俺のせいで熱を……？」

いつも澄《す》ましたかぐやの、普段とは違う側面を見て白銀は後悔した。

なにが悪かったのかはわからないが、本当に白銀のせいでかぐやが熱を出してしまったのだとしたら――

鈍い痛みにも似た感情が白銀の胸に満ちる。

「ん？」

ふと気づけば、なにやらかぐやが白銀を手招いている。

白銀は近づいた。

ベッド脇に立つと、かぐやはまだ手招きをやめない。

絵本の中でお姫様が寝ているような白い天蓋《てんがい》つきのベッド。

その天幕を白銀は恐る恐るくぐった。

「いっしょにねよ」

「！　え、い、いや四宮⁉　それはちょっと――おい！」

いっしょにって——混乱する白銀は、次の瞬間、重力が消えるのを感じた。

かぐやが白銀の手を掴み、ベッドへ引き入れたのだ。

抵抗するとかしないとか、そんな意識をする間さえなかった。

「てれてるんですか？」

「……」

白銀から言葉が失われる。

すぐ目の前に、うっすらと赤みを帯びたかぐやの顔。

「おかわいいこと」

囁かれると、熱い吐息が頬《ほお》にかかる。

咄嗟に白銀は離れようとしたが、かぐやに腕を掴まれ引き戻されてしまう。

「ちょっ、え、四宮⁉」

頭が働かない。

今の状況を必死に白銀は整理した。

(四宮は今起きたことを明日には忘れてしまい、部屋には誰も入ってこない！　しかも、防音！)

すさまじい勢いで外堀が埋められている気分だ。しかも、白銀をベッドに引っ張り込んだのはかぐや本人である。

「かいちょう……」

「！」

夢を見るような表情で、かぐやが目を閉じていた。

（このあまりに都合のいい状況……。さすがに俺も自分を抑えられる自信がない！　いったい俺はどうなってしまうんだ！）

かぐやは、目を閉じている。

白銀はそこへゆっくりと顔を近づけて――

そして、彼はついに理性を手放した。

■■■

眠っていたかぐやが目を覚ました。

間違いなく自室にいて、普段と変わりはない。

だが、とてつもない違和感があって彼女は横を見た。

かぐやのすぐ隣で白銀は目を閉じていた。

仰向けのまま、なぜか人差し指を伸ばした姿勢で白銀は寝ていた。

「キャー!!」

反射的にかぐやは白銀をつき飛ばした。

白銀の顔が想像以上に近くにあって、混乱と羞恥《しゅうち》から思わずとってしまった行動だった。

ベッドから転げ落ち、その衝撃で白銀もまた目を覚ます。

「え？」

「な、なんで会長が私のベッドに入ってるんですか⁉」

状況が把握《はあく》できないかぐやは叫んだ。

「い、いや、俺はただ……お見舞いに来ただけで……」

「それがなんでベッドに潜り込んでるんですか⁉」

「だから、お前が俺を強引に誘ってきて――」

本当である。

だが、そんな言い訳のような台詞《せりふ》、かぐやに信じられようはずがなかった。

「そんなわけないでしょ！　人が寝てる隙になんて……ひどい！　変態！」

「はぁ？　ちょっと待てよ。俺、指一本触れてないから‼」

白銀はこれが証拠とばかりに、人差し指を伸ばす――それは奇しくも彼が眠っているときにとっていたのと同じポーズだった。

「黙りなさい！　今すぐ出ていってください！　変態！」

それからはもう、ろくに言い訳もできなかった。

慇懃《いんぎん》無礼《ぶれい》な使用人たちにつまみ出されるような格好で、白銀は四宮家別邸を追い出されてしまったのだった。

第4話

『花火の音は聞こえない』

夏休みの前日、かぐやは柏木《かしわぎ》を昼食に誘った。

屋上に設置されたベンチに重箱を広げながら、かぐやは柏木に話を切り出す。

「恋愛相談……ですか？」

そう言って首を傾《かし》げた柏木に、かぐやは説明した。

「最近、柏木さんに恋人ができたとお聞きしたものですから、なにか有益なお話が聞けるかなと思いまして……」

「あ、はい……。私でよければ……」

クラスメイトの突然の頼みを、柏木はこころよく承諾した。

かぐやは用意していた台詞《せりふ》を口にする。

「私の友達がですね、喧嘩《けんか》した男性と仲直りするいい方法とか知りたいらしいの……」

「友達が……ですか」

柏木はじっとかぐやの顔を見つめた。

「明日から夏休みでしょ？　だから、その前にどうしても仲直りしておきたいらしくて……友達がね」

「友達が、ですね」

柏木はかぐやの顔から視線を外さないまま繰り返す。

これは間違いなくかぐや本人の話だな、と推測しながら。

■■■

それと同時刻、屋上の反対側に白銀《しろがね》はいた。時計台を挟んでいるため、かぐやたちの位置からは死角になっている場所である。

白銀の向かいのベンチには、以前、恋愛相談をもちかけてきた少年、翼《つばさ》がいた。

白銀は手製の弁当をつつきながら、ちらちらと翼の様子をうかがっていた。なにせ以前とはずいぶん様子が違っているのだ。

制服はだらしなく着崩され、髪も金髪になっている。

彼女ができるとこうも変わるものなのかと白銀は密かに戦慄《せんりつ》した。

「恋愛相談？」

口調もどこかチャラついている翼である。

白銀はそれに「ああ」とうなずいて、話を続けた。

「俺の友達がな、喧嘩した女性と夏休み前に仲直りしたいらしいんだ。でも俺……、喧嘩とかしないタイプっていうか。だから、そういうアドバイスには弱くて……」

「さすがっす！　みんな会長にゾッコンになって喧嘩に発展しないんすねー」

翼は白銀の言葉を素直に受け取ったらしい。

だが、彼の言葉を聞いていると苦いものを飲んだような気分になる白銀だった。

「まぁ、そんな感じだ……。というか、お前なんか少し変わった？」

つい我慢できなくなって白銀は翼に聞いた。どことなく嬉《うれ》しそうに翼は金色の髪の毛をいじりながら、

「そうっすか？　カノジョがこれがいいってうるさいんで」

惚気《のろけ》るようにそんなことを言う。

翼の変わりように驚いた白銀だったが、本人たちが幸せなら喜ばしいことだ。なにせ、翼と柏木は白銀のアドバイスによって結びついたのだから。

「ま、いいや……。で、喧嘩の原因なんだけど」

■■■

「友達の女の子が熱を出してしまって……。とある男子がお見舞いに来てくれたんです」

かぐやの言葉に、柏木は感心したようにうなずいた。

「へぇ。優しい人ですね」

かぐやは少しだけ嬉しそうな顔をして、

「そうなの……。でもその女の子の意識が朦朧《もうろう》としてる間に、男の子がベッドの中にいて……」

「え！　それはいけません！　破廉恥《はれんち》です！」

慌《あわ》てる柏木に、かぐやも慌てて付け加える。

「もちろん！　なにもなかったんです。それは世話係の証言で明らかになりました……」

「そうだったんですか……。じゃあ、なにに怒ってるんですか？」

「なにって……」

言葉に詰まってしまったかぐやに、柏木はさらに質問を重ねた。

「向こうがなにもしていないなら……、四宮《しのみや》さんは、あ」

うっかり言ってしまってから柏木は慌てて言い直す。なにせ、かぐやの相談は直球すぎて自分のことだと隠す気がないのではないかと思えるほどなのだ。

「いや、その〝お友達〟はなにに怒っているんですか？」

「……わ、私がその友達の頭の中を推測するには、たぶんなのですが、本当は……少しぐらいなにかしてほしかったんじゃないのかなって……」

「え？」

「そんなに私には興味がないのかなって……」

「〝私〟って言っちゃってる……」

ついに最低限の偽装も剝《は》がれてしまったかぐやの言葉に、柏木は他人事《ひとごと》ながら冷や汗をかいた。

これでうまく隠せているつもりなのだから不思議なものである。

四宮かぐやといえば秀知院《しゅうちいん》学園の誰もが知る頭脳明晰《めいせき》な少女である。そのかぐやが気になる異性のこととなると、こんなにも幼い一面を見せてしまうのだ。

柏木はかぐやに親近感を覚えると同時に、妙な可愛《かわい》らしさを見つけて、くすりと笑った。

かぐやは「え？」と不思議そうに柏木を見た。

「あ、いえ……。それで怒ってるんですね。友達が……」

柏木が慌てて話を戻すと、かぐやはこくりとうなずいた。

■■■

「えっそこ⁉　みたいなところで怒ったりするんですよねぇ、女って生き物は」

「へぇ……。そういうもん？」

白銀は感心した。やはりカノジョ持ちの言葉は重みが違う。

翼は力強く言い放った。

「男側にやましいことがないなら、別に謝る必要ないっすよ」

「やましいことか……」

白銀は翼に気づかれぬよう、人差し指を見つめた。

やましいかどうかはわからない。ただ、隠していることはある。

だが、かぐやの態度にも白銀は苛立《いらだ》っていた。あんなに変態呼ばわりされるようなことをしただろうか。

かぐやに誘われるままに近づいて、いつの間にかベッドに引き込まれていたのだ。そうだ、自分は悪くない。むしろ悪いのは――

「……」

そこまで考えて、白銀は思い直した。

白銀は別に悪いことをしたと思っていない。だが、かぐやはもっと悪くない。

風邪を引いているときは誰でも判断能力が落ちるものだし、情緒不安定にもなる。

そう思えば、少し変態呼ばわりされたくらいは許してあげるべきではないか。

白銀は、覚悟を決めた。

■■■

その日の夕方。

白銀は廊下を歩いていた。

窓から夕日が差し込んできて、リノリウムの廊下を赤く照らしている。

ふと、前方からかぐやが歩いてくるのが見えた。

「……」

「……」

無言のまま、二人はすれ違う。

そして、かぐやは足を止めた。

足音から、かぐやが立ち止まったことに気づいて白銀が口を開いた。

「四宮……、すまん。俺はお前に言わなきゃならないことがある」

かぐやは白銀に背を向けたまま会話に応じた。

「な、なんですか……？」

白銀は真実を告げることにした。

「俺は四宮に『指一本触れてない』と言ったが……、本当は指一本だけ触れた……」

それを聞いて、かぐやははっと息をのんだ。

心臓が跳ねる。

体温が上昇する。

——白銀の指が。

「……どこに触れたんですか？」

「唇……」

そう告げた瞬間の白銀は、そのときの情景をまざまざと思い浮かべていた。


見舞いに行ったあの日——

病床で寝ているかぐやの横顔を白銀は見つめていた。

美しい人形のような少女に、白銀はそっと手を伸ばす。

柔らかそうな唇に誘われるように、白銀の指は近づいていく。

そして、それに触れた瞬間、白銀の体中に電流が走った。

その衝撃に耐えきれず、白銀は倒れ、意識を失ってしまったのだった。

「こう……人差し指でツンっと。そしたら、倒れちゃったみたいで……」

「……」

無言のかぐやを前に、白銀は慌てふためく。

「あ、でも、なんか変な意味があったとかじゃなくて、あの……悪戯《いたずら》っていうかなんていうか――」

たぶんだが、あのときの白銀には本当に邪《よこしま》な感情はなかったと思う。

綺麗《きれい》だとか、可愛いとか、そういう魅力を感じたのとも少し違う。

ベッドに横たわるかぐやがあまりにも――なんというか。

そう、強《し》いて言えば、とても現実の光景とは思えなかったのだ。

そこに本当に存在するのか、白銀はその存在を疑ってしまったのだった。

だから指を伸ばして、触れ、その柔らかさが現実なのだと理解してしまった――

「会長」

静かな声が、白銀の心を現実に引き戻した。

「!?」

反射的にかぐやのほうを振り向いた白銀の唇に、柔らかな感触があった。

かぐやの人差し指が押し当てられている。

「お返しです」

悪戯っぽく笑う少女。

「これでもうチャラですよ。それでは、楽しい夏休みを……」

それだけ言い残すと足早に立ち去ってしまう。

「な、なんだ……!?　今のは!?」

あとには唇に残る感触と、謎だけが残った。

■■■

少女は廊下を走り抜け、人気《ひとけ》のない階段までやってくると足を止めた。

心臓が跳ね上がっている。

彼女は体力には自信があった。こんな短い距離で息を乱す理由はない。

だから、その原因はもっと別の。

「……」

少女は、先ほど少年の唇に触れた指をじっと見つめる。

「なんなんだよ!?　おい!?」

遠くから少年の叫ぶような独り言が聞こえる。

少女は答えない。

返答の代わりに彼女が行ったのは、沈黙を強制するためのジェスチャーだった。

秘密を閉じ込めるよう、少年の唇に触れた人差し指を自分の唇にそっと近づけて――

■■■

廊下に残された白銀は、とある予感に打ち震えていた。

「これは、まさか……いけちゃうパターン⁉」

白銀の視界に、見果てぬ景色が広がった。

それは夕暮れの波打ち際。

赤く染まった世界に、水着姿の白銀と、白いドレスのかぐやがいる。

見つめ合い、二人の顔はだんだんと近づき、そしてついに唇が重なり合う――

そんな光景を思い浮かべ、白銀のテンションは跳ね上がった。

思わずバルコニーに飛び出し、空に向かって叫ぶ。

「へいへいへい！　明日からめっちゃ楽しい夏休みが待ってるんじゃないんですかー⁉」

白銀の瞳は、希望に満ち溢《あふ》れていた。

ついでになぜかその叫び声に運動部が唱和《しょうわ》し、「うぇーい！」と声を上げていた。

「皆さん、夏が来ます！」

白銀の雄叫《おたけ》びは、夏休みを明日に控えた秀知院生徒たちの心の声でもあったのだ。

うぇーい！　と大合唱が校舎に響く。

夏が来るのだ。

■■■

夏。それは恋の季節である。

灼熱《しゃくねつ》の太陽。蟬《せみ》の鳴き声。大輪のひまわり。

これでもかと肌を焦《こ》がす太陽の悪戯が、様々な非日常を演出する。


たとえばそれは、こんな一幕——

パラソルの下でココナッツジュースを飲む美女。焼けた肌と水着がまぶしい。

ビーチではしゃぐ水着女子たちの姿もあれば、連れだって歩いているカップルも見える。

その中には、愛犬ペスと走り回る水着姿の藤原《ふじわら》もいる。

豊満な胸を大胆なビキニに押し込めて、彼女は弾むように砂浜を駆けている。まるで恋人と追いかけっこでもしているようなテンションの藤原だが、一緒に走っているのは愛犬ペスである。

　しかも興奮しすぎたペスはどんどんスピードを上げていき、ついに藤原は足をもつれさせて転んでしまう。

砂浜に倒れながら藤原は「ペス〜〜〜」とべそをかくが、愛犬は振り返りもせずビーチを疾走《しっそう》していった。


あるいはそれは、こんな一幕――

夜のネオン街、恋人になった翼と柏木が手を繋《つな》いで歩いている。

藤原のようにリゾート地に旅行しているわけではない。だが、それと同じくらい素敵な場所に二人は向かっているのだ。

彼らの進行方向には、リゾート感溢れるホテルがあった。

灼熱の太陽と潮風はないが、そこには南国風にデコレーションされた豪華な部屋と何十種類もの入浴剤があるはずだ。

海もプールもないが、水着のレンタルはなぜかある。

即《すなわ》ち、ラブホテルに二人は向かっていた。


――少年少女の心を裸にし、男女の関係を次のステップへと誘《いざな》う。

そんな夏休みが幕を開け、半月が過ぎた。

はたまたそれは、こんな一幕――

狭いボロアパートの一室である。

ノートと参考書とシャーペンが机の上には投げ出されている。

白銀の体は床に転がっていた。

今では遠い昔のように思える。かぐやに唇をツンとされてから半月が経《た》った。

人生で一度しかない高校二年生の夏休みの半月だ。

どんなことが起こるのか期待しながら過ごした半月間。

――その間、特になにもなかった。

白銀はうわごとのようにつぶやいた。

「あーしくった……。完全にしくじったわぁ……。あのとき、四宮をどっかに誘っとけばよかった……」

泥のように溶けかけた白銀の脳内に、走馬灯《そうまとう》のようにかぐやの言葉が思い起こされた。

『それでは、楽しい夏休みを……』

「全然楽しくねぇ……。こんなはずじゃなかったのに……」

同時刻、白銀と同じように自室で倒れているかぐやの姿があった。

ふかふかのベッドの上でごろごろ転がりながら彼女は言う。

「あーもう！　こんなはずじゃなかった……。どうしてこんなことに」

「それはですね、かぐや様。すべての予定を『会長から誘ってくる』という前提で立てているからです」

早坂《はやさか》はぱらぱらとかぐやのスケジュール帳をめくりながら言った。

「なんで早坂は主人のノートを悪びれもせずに勝手に見るの？」

かぐやが咎《とが》めても早坂は一切気にした様子がなかった。

「会長も同じようにずっと暇してるみたいですよ」

「え？　なんでそんなこと知ってるの？」

顔を上げたかぐやに早坂はタブレットを見せる。

「ツイッターでつぶやいてたので」

「ツイッター⁉　それは、藤原さんがやってるあれよね？　無駄につぶやくやつ」

かぐやは生徒会室で「ペスだいすき」と投稿する藤原の姿を思い起こした。

藤原に誘われたときは、機械に疎《うと》いためについ断ってしまったかぐやだったが、まさか白銀までツイッターをやっていたとは――

「ちょっと見せて！」

「お断りします。ご自身でアカウントをお作りになって会長をフォローしてください」

早坂の言葉にかぐやはぷいっとそっぽを向いた。

「嫌です……。なんで私がこそこそとツイッターで会長の安否《あんぴ》を確認しなければいけないんですか」

「そうですか。じゃあ夏休みの間、会えなくてもいいんですね」

早坂の質問に、かぐやは答えなかった。


白銀は制服に着替えると、アパートの駐輪スペースにあるママチャリへと向かった。

キーロックを外していると、ちょうどやってきた父が声をかけてくる。

「おい、どこ行くんだ？」

「夕飯の買い出し」

ちょうどいいとばかりに父は息子に言い放つ。

「乗せてけ」

「どこ行くの？」

「ゲーセン」

「いい歳《とし》してゲーセンって。恥ずかしくないのかよ」

「全然」

父は悪びれもせずに言うと、自転車の後ろに乗った。

そのまま、白銀の背中にそっと頭をもたれかけてくる。

「勝手に乗るなって」

白銀は容赦《ようしゃ》なく父を放り出した。

「なんで？」

「ムリだから。学校に寄るかもしれないし……！　じゃあね！」

また父が乗り込んでくるまえにと、白銀は素早く自転車を漕《こ》ぎ出した。

拗《す》ねたような父の声が背中にかかる。

「ケチ」


かぐやは学校にいた。

わざわざ制服を着込み、生徒会室までやってきたのだ。

「……」

誰もいない生徒会室は火が消えたようだった。

在席を示す名札をくるりと裏返す。

白銀、藤原、石上《いしがみ》は当然、不在を示す赤字のままだ。

『副会長　四宮かぐや』の文字だけが黒い。

かぐやは白銀の席を見つめた。

部活と違って生徒会に夏休みの活動はない。それでも白銀は学校へ向かっていた。

学校に行けば、誰かに会えるかもしれない。

誰か？

誰が来ているというのだろう。なんの用もなく、約束もなく。

それでも白銀は必死に自転車を漕いでいる。


かぐやは生徒会長の椅子《いす》に座っている。

普段なら白銀が使っている椅子と机。

かぐやは冷たい机に頬《ほお》を乗せた。

「会いたい……」

普段なら決して漏れない言葉が、彼女の口からこぼれる。


学校に着いた白銀は、自分でも理解できない衝動にかられて、廊下を走る。

生徒会室までの歩き慣れた道を全力疾走する。

導かれるようにたどり着いたそのドアを、白銀は——

「……いるわけはないか」

ドアを開けたままの姿勢で白銀はつぶやいた。会えるかもしれないと期待していた人物はそこにおらず、がらんとした生徒会室だけが白銀の目の前にあった。

だから白銀は気づかなかった。

かぐやが先ほどまで生徒会室に来ていたことを示す名札――『副会長　四宮かぐや』だけが在席表示のまま、彼女の心の名残《なごり》を示していたことに。

誰もいない廊下をぽつぽつと歩き、やがて白銀は力なく窓に寄りかかった。ひんやりしたガラスの感触が頬に伝わってくる。

「はぁ、夏休みなんて――」


ちょうどそのとき、かぐやは校門に向かって歩いていた。白銀がもたれているガラス窓に映る景色の中をとぼとぼと歩いている。

かぐやが振り返れば白銀を見つけられるのに。

白銀が窓の外に目を向ければかぐやを見つけられるのに。

二人はすれ違ってしまう。

当たり前だ。そんなことはしない。お互いが本当は近くにいるなどと、二人が知るはずもない。だって誰が来るというのだ、夏休みの生徒会室になんて。

用があるはずもないのに。夏休みなのだから。

夏休み。

「早く終わればいいのに――」

二人は同時につぶやき、そしてお互いが同じ気持ちであることに気づきもしないまま、何事も起きず、ただ学校をあとにした。

■■■

無駄な汗をかいた。

だが、それでもいい。どうせなにもない夏休みならば、学校への往復で時間を浪費しようが、家でごろ寝しようが変わりはないのだから。

風呂上がりの白銀は、なんとなくツイッターを開いた。

ホーム画面に表示されていた一文に目を見張った。

『〝おすすめユーザー〟四宮かぐや』

「あいつ、いつの間にツイッター始めたんだ……」

フォロー数もフォロワー数も〇件。そしてアイコンもホーム画面も初期設定のままである。

なんの情報もないに等しいアカウントだが、白銀は頬が緩むのがわかった。生徒会室に行ってもかぐやと会うことはできなかったが、ネットの海を通じて少しだけ彼女と繋がれたような気がする。

と、タイミングよくメールが来た。

まさかかぐやから『ツイッターを始めたのでフォローしてください』ではないだろうなと期待しつつ、白銀が文面に目を落とすと、

「ええ⁉」

藤原から生徒会メンバーへの一斉送信だった。

『生徒会の皆さん、八月二十四日の花火大会に行きませんかぁー？』

その文面を読んだ瞬間、思わず白銀は叫び声を上げていた。

「行くに決まってんだろ！　グッジョブ……藤原書記!!」

勝利を宣言するように握り拳《こぶし》を振り上げる。

白銀は鬱屈《うっくつ》した日常から抜け出したような解放感を覚えた。

「あれ？」

あまりの解放感を不思議に思い、視線を落とすと腰に巻いたバスタオルがすとんと落ちていた。

生まれたままの姿で喜ぶ白銀の姿に、父と妹がちらりと視線を向けて、またすぐに興味をなくしていた。

メールの受信に歓喜したのは白銀だけではない。

かぐやは携帯を見つめている。

何度も、何度もその文章を読み返す。

「ありがとう藤原さん！　ありがとう！」

足をばたつかせながら、子供のように喜ぶかぐや。

そんなかぐやの様子を、早坂は慈《いつく》しむように微笑《ほほえ》みながら見つめていた。

■■■

そして花火大会当日。

相変わらずなにもない毎日だったが、楽しみな予定があるとそれだけで違ってくる。

花火大会の日は、あっという間にやってきた。

その日、白銀はいつまでも洗面所を占拠して髪型を整えていた。服装を選ぶ手間はない。

いつもの学生服以外に選択肢がないのだ。

金銭的な事情で、高校にあがってから部屋着用のパーカーとスウェット以外の私服を買っていない白銀には、かぐやたちと休日に出かけるための服がなかった。

ならばせめて、髪型くらいは整えておこうと考えた白銀である。

圭《けい》が通りかかって「キモっ……」と吐き捨てる。

「これ、私のカーラーなんだけど」

「あ、使ってます」

思わず敬語になってしまう白銀である。

頑張ってどうにかお洒落《しゃれ》しようとして妹のカーラーを無断で借りてみたものの、いまいち決まらない。

「ねえ、圭ちゃん」

ここは一つ、白銀家のファッションリーダーである妹に教えを乞《こ》おうと声をかける。

「やめて」

話を切り出すことも許さず、圭は不機嫌そうに出ていってしまう。

だが白銀はいつものように小言を口にしなかった。

今日は花火大会なのだから。


「んー、やっぱりこっち！　いや、でもやっぱこっちかな」

ベッドの前にずらりと並んだ浴衣を見比べながら、かぐやは迷っている。

そんな主人を眺めながら、呆《あき》れたように早坂は言う。

「かぐや様。早く決めないと間に合いませんよ」

だが、そんな早坂の口調はいつもより優しい。その姿は、期待に胸を膨らませる妹を、仕方ないなと見守る姉のようである。

かぐやは鏡の前で浴衣を広げ、踊るようにしながらじっくりと選ぶ。


待ち合わせ場所についた白銀は、腕時計を確認した。

花火の打ち上げは午後七時から。それに対して現在時刻は……午後二時。

太陽は沈む気配も見せず、夏真っ盛りの午後であった。

「さすがに早すぎたか」

まるで期待しすぎているみたいだ。

だが、自分が情けないとは思わなかった。いつものように深読みして、かぐやに「お可愛いこと」と馬鹿《ばか》にされる妄想もしない。

そんなことよりも、テンションが上がりすぎておかしな行動をとってしまわないかのほうが心配だった。空いている時間をシミュレーションに使う。

白銀は、今日のプランを頭に描きながら、友人たちを待ち続ける。


浴衣に着替え終わったかぐやが、大きな花のついた髪飾りに手を伸ばす。

「どう、これやりすぎじゃない？」

「大丈夫です。とても可愛いですよ」

「そうかな？」

早坂はうなずいた。

「さあ、行きましょう」

「うん！」

弾むような声に、はじける笑顔。

踏み出しかけたかぐやの足を、ノックの音が阻《はば》んだ。

「はい？」

ドアの向こうには、ずらりと使用人たちが並んでいる。

「……」

とても花火大会に向かう主人を見送るための表情ではない。

嫌な予感がしたかぐやは、無言のまま小さく手を握りしめた。


間延びした少女の声が雑踏を縫って白銀の耳に届く。

「あ、いたいた。会長〜」

打ち合わせ場所に藤原と石上がやってきたのだ。白銀は軽く手を上げて二人を迎えた。

「おう」

「あれ？　なんで制服なんですか？」

藤原の質問に対し、白銀はあらかじめ用意してあった言葉を口にする。

「いつなんどきも生徒会長たる自覚を持つためだ」

暑さを我慢し、涼しい顔をして胸を張ってみせた。

「とか言って本当は着る服がなかっただけだったりして」

石上の言葉に、白銀は大きく反応してしまった。

「え、冗談で言ったんですけど……。なんか、すみません」

石上が真顔で謝ってくるのが、余計に心に来る。

「かぐやさんはまだですかぁ？」

「ああ……」

こんなとき、藤原の空気を読まない性格はありがたかった。

「じゃあ、私たち先に場所取りしてますね」

「おう、頼む」

藤原はへこむ石上の背中を押した。

「よーし、石上くん行くよ～。ごーごー！」

だが、待ち合わせ時間を過ぎてもかぐやがやってくることはなかった。

既《すで》に花火大会は始まってしまっている。

空に浮かぶ大輪の花を見上げて、誰かが歓声を上げていた。

白銀は腕時計に目を落とした。

「遅いな……。なにやってんだよ」

すると、ちょうどそこへ見慣れた高級車がやってきた。

かぐやが通学に使っているものと同じ車種で、白銀はほっと息を吐いた。

「あ……来た」

だが、車から降りてきたのは四宮家別邸で会った近侍《ヴァレット》――早坂だった。

「申しわけございません。かぐや様は来られなくなりました」

白銀は動揺を隠して質問した。

「え、なんで……？」

「お父様から外出の許可がおりなかったのです」

「え？」

「先日、平民たちが集まる映画館に足を運んだことがお父様に伝わり問題となったのです」

思わず白銀は聞き返す。

「平民？」

「平民たちとの集《つど》いは愚行《ぐこう》以外のなにものでもなく、四宮家の令嬢としてふさわしくないと」

早坂は表情を変えない。近侍としての誇りが彼女に取り乱すことを許さない。

「しかし、かぐや様は本当に楽しみにしておられました」

彼女の口調のわずかな揺れが、固く握りしめられた両の手が、早坂の心情を静かに伝えてくる。

白銀は、一度だけ行ったかぐやの部屋を思い出していた。

眺めのいい大きな窓。

そこからきっと、かぐやは一人で花火を見つめている。

「はじめて友達と、窓の中からじゃない、ずっと憧れていた大きな花火を見に行くことを」

白銀は思い出す。

見舞いに行ったとき、手土産《てみやげ》を渡そうとしたら、かぐやが真っ先になんと言ったのか。

「……」

早坂は白銀に一礼し、車に乗り込んだ。


薄暗い部屋で、たまに花火の明かりが窓から入ってきてちかちかと瞬《またた》く。花火大会の会場までは遠く、音さえも聞こえてこない。

かぐやは携帯でツイッターの画面を開いた。

フォロワー数はいまだゼロ。

変化のない画面をかぐやは見つめている。

いざアカウント登録はしてみたものの、なにをつぶやいていいのかわからなかったのでずっと放置していたのだ。

かぐやは、幼少の頃から誰にも弱音を吐いてはならないと教えられてきた。

だが、これくらいいいではないか、と自嘲《じちょう》気味に思う。

誰にもフォローされていない孤独なＳＮＳのアカウントを使って、本当の気持ちをつぶやくくらい許されるはずだと思った。

かぐやの指が動き、携帯の小さな画面に本心をぶつけた。


白銀はツイッター画面を見る。

おすすめユーザーで見つけたかぐやのアカウント。

そこに、こぼれるような短いつぶやきを見つけた。

『みんなと花火が見たい』

以前、白銀が見舞いに行ったとき、彼女は真っ先に花火を期待したのだ。

「……」

白銀はじっと携帯の画面を見つめている。

■■■

「……」

かぐやは窓の外の花火を見ている。

その背中は、まるで一瞬で消える空の花のように儚《はかな》い。

「はい」

部屋に響いたノックの音に返事をすると、使用人がドアを開けた。

「かぐや様。お食事の準備ができました」

「いらない……。花火を見てるの。せめて、これぐらいはいいでしょ」

「……かしこまりました」

使用人は一礼してドアを閉めた。

それを見届けてから、かぐやは舌を出した。

「……なーんてね」

つぶやいて、デスクの上に置き手紙を残した。

『早坂、あとを頼みます。かぐや』

そして、準備を終えるとあらかじめ用意していた発射装置で、窓からロープを放つ。

「せーの……やー！」

ロープの先端に結びつけられた鉤爪《かぎづめ》が道路を挟んだ道向こうに生えている木に命中する。

かぐやはぴんと張られたロープに滑車《かっしゃ》を設置し、窓に足をかけた。

「せーの……やー！」

滑車を摑《つか》んだかぐやは、窓枠を蹴り、真っ暗な夜空へと身を投げた。

計画ではそのまま正門を飛び越え華麗に敷地外へ飛び出す予定だったのだが、滑車は空中で止まってしまい、そのまま反動で戻ってきてしまう。

「あっ、あっ、あっ……」

かぐやは落ちた。ちょうど真下がプールだったため怪我《けが》はしなかったが、びしょ濡《ぬ》れになってしまっていた。


たまたま四宮家別邸の側《そば》で休憩していたタクシー運転手は、その音を聞いて顔を上げた。

ぴちゃ、ぴちゃ、ぴちゃ……。

「？」

雨が降っている様子もないのに、なぜ水のしたたる音がするのだろうか？

不思議に思って周囲を見回した運転手は、それを見つけてしまった。

なぜか全身水浸しになった浴衣の女が足を引きずるように歩いてくるのだ。

「え？　来る？」

タクシーを長く転がしていると、怪談を耳にする機会も多い。これもその類《たぐ》いのものかと考えた運転手は、その存在を否定するように首を振った。

だが、運転手の願いとは反対に、びしょ濡れの女はどんどんと近づいてくる。

「来る？　来る！　あーっ！」

びしゃびしゃと水しぶきを上げながら、ついに女はタクシーに取りついてきた。

思わず顔を背ける運転手に、

「乗せてください！」

必死の形相で窓をばんばんと叩きながら、女がそんな風に叫んだ。


「だめだね。交通規制でこの辺り渋滞だ」

しばらく後《のち》、かぐやは車中にあった。

花火大会を目指していると伝えたら運転手は可能な限り急いでくれたが、渋滞まではどうにもならない。

財布を取り出しながらかぐやは言う。

「すみません。ここからは自分の足で行きます！」

かぐやは一万円札を手渡すとドアを開けた。

「え、ああ、四千——あ、お嬢ちゃん、お釣り！」

チップ代わりにとっておいてほしいと、かぐやはその言葉を無視した。

びしょ濡れのかぐやを不審がりつつも気遣ってくれたタクシーの運転手に感謝しながら、かぐやはタクシーを降りて走り出す。

（きっと会える……）

浴衣を翻《ひるがえ》しながら走る。

周りの景色が流れて、かぐやの心は記憶の中へと遊ぶ。

見慣れた生徒会室の光景が浮かんだ。

そこには石上がいて、藤原がいて、そして白銀がいる。

（はじめてできた後輩。はじめて友達になってくれた人。はじめてできた……気になる人）

かぐやは走る。運動神経には自信がある。きっとたどり着けるはずだ。

（その輪の中に私がいる。私は私が好きな人たちと一緒にあの綺麗な花火を見たい）

空に花火があがっていた。

どれだけ祈っても無意味だとかぐやは知っている。

生まれてから今まで束縛ばかりだった彼女の人生においては、神にすがって解決したことなど一度もないのだ。

だけど、それでも。

（神様。この夏……恋だとか愛だとかは要りません。だから、せめて私も皆と一緒に――）

痛いほど心の中で繰り返しながら、彼女は会場へとたどり着いた。

しかし、

『本日の花火大会は終了しました』

無慈悲なアナウンスが、かぐやに再度、神の不在を思い知らせた。

『ゴミや飲食物はお持ち帰りいただくようお願い申し上げます』

立ち尽くすかぐやの横を、帰路へとつく人々の群れが通りすぎていく。

結局、かぐやの願いは叶《かな》わなかった。

「……」

力なくベンチに腰掛けながらかぐやは孤独を噛《か》みしめていた。

かぐやは周囲に弱みを見せるなと教えられこれまで生きてきた。

だから演技でない涙を人前で見せるなどあり得ない。

だが今この瞬間、かぐやはこみ上げるものを押しとどめるすべがなかった。

彼女は一人なのだから。

涙を見られて困る人間など、周囲のどこにもいないのだから。

「……見たかったよ。花火……皆と一緒に……」

「だったら、俺が見せてやる」

突然聞こえた声に、かぐやは顔を上げる。

「会長……どうしてここに!?」

呆然《ぼうぜん》としたかぐやが信じられないようなものを見るように白銀の顔を見つめていると、彼はにやりと笑った。

「『四宮の考えを読んで四宮を探せゲーム』のことか?」

「?」

不敵に笑う白銀は、なんてことのないように言うのだった。

「いつものに比べれば百倍簡単だったよ」

かぐやはなにが起きたのかわからず、白銀の顔を見つめることしかできなかった。頭脳明晰なかぐやにさえ判断不能な異常事態だ。

とても不思議なことが今、起きている。

かぐやはもう、孤独ではなくなっていた。

■■■

時間は少し遡《さかのぼ》る。

『みんなと花火が見たい』

かぐやのそんなつぶやきを見つけたあと、白銀は誰にともなくつぶやいた。

「了解」

かぐやの意思を確認した白銀は迷わなかった。

このようなとき大事なのは状況把握《はあく》、方針決定、実行のプロセスだ。

（四宮の不参加連絡を受けて情報収集。ツイッターで四宮の言質《げんち》をとる）

目的がはっきりしている分、いつかのように学校を目指したときほど辛くはない。

（四宮家別邸までチャリを飛ばす）

状況把握、方針決定、実行。

自転車でたどり着いた二度目の四宮家別邸は、夜の闇《やみ》の中にあってさらに巨大さを増したように思えた。

だが白銀は怯《ひる》まない。かぐやの現在地を確認するのだ。

双眼鏡でかぐやの部屋を覗《のぞ》くと、そこに意外な姿を見つけた。

「⁉」

（四宮の影武者を視認）

いかに巧妙な変装だろうと、かぐやと早坂を間違える白銀ではない。

なにかが起きていると知った白銀は急いで周囲を見渡した。

（荒れた植木鉢、プールに浮かぶ髪留め、水浸しで歩いた跡から四宮が窓から抜け出したと推察。急発進したタイヤ痕《こん》から待ち合わせ場所に向かったと確信。マッハで引き返す）

再び自転車を漕ぐ白銀。

足がぱんぱんに張っているのがわかる。へこたれそうになるのを口の中で何度もつぶやいて紛《まぎ》らわす。状況把握、方針決定、実行。状況把握、方針決定、実行——

(脳内ナビをフル回転。渋滞状況から車を降りた位置を特定)

かぐやがタクシーを降りた位置を横目に、白銀は花火大会の会場へと戻ってきた。

花火大会のアナウンスが聞こえてくる。

人混みのなか、白銀は周囲を観察し続ける。

状況把握。

(花火大会が終了してしまい、四宮は涙を流すと推察。プライドが高いため人混みを避けて泣ける場所——)

方針決定。

「それがここだったってわけだ」

白銀は、目的地にたどり着いた。

それを聞いて、思わずかぐやはつぶやいた。

「すごい……」

「この辺りの花火大会はだいたいどれも八時で終了してしまう。だが、房総《ぼうそう》の花火大会は九時までやってる」

「！」

白銀はかぐやの返事を待たず、手を差し出した。

「行くぞ。みんな待っている」

一瞬だけかぐやの手が躊躇《ちゅうちょ》したが、白銀はそれを捕まえた。

――実行。

白銀はかぐやの手を引き、迷いなく走り出した。

■■■

ナビに表示された時計によれば、八時五十五分。

かぐやはタクシーに揺られている。

車内には石上、藤原、そして白銀の姿がある。

窓から見えるのは東京の夜空。花火はもう終わってしまった。

だが、これから木更津《きさらづ》に向かえば、まだ花火が行われているのだという。

かぐやにはそれが本当かどうかわからない。

大きな家の大きな窓から見る小さな花火しかこれまで見たことがないのだ。

本当に大きな花火が見えるのだろうかと考えながら、かぐやはぼんやりと窓を見る。

ふと、空が見えなくなった。

トンネルに入ったのだ。

知識としてはかぐやも知っている。東京湾を越えるアクアライン。

誰かが間に合えと囁《ささや》く声が聞こえた。

かぐやはそれをぼんやりと聞いている。

これまでどれほど強く願っても、それ以上の力で押しつぶされてきた人生だった。

でも自分以外の誰かが願ってくれたなら？

誰かが何度も何度も、かぐやの代わりに、間に合えと祈っていた。願いの声は何度も繰り返され、そのたびに声量を増していた。

「！」

アクアラインを抜け、タクシーが地上に出る。

白銀も藤原も、食い入るように窓の外を見つめている。

車内を満たしていた間に合えという叫びは、もう消えていた。

代わりに空には大輪の花が咲いている。

赤や黄色の閃光《せんこう》が夜空に浮かんだ数秒後に、窓に触れたかぐやの指先に空気の振動が伝わってくる。

四宮家別邸の窓から見えるそれとは比べものにならないほどの迫力。まるで空を埋め尽くすほどの勢いの大きな花火が、いくつも夜空に咲いては散っていくのだった。

かぐやは、視界の端にぼんやりとそれを見ていた。

(皆が私のために見せてくれた花火。だけどごめんなさい)

うっすらと汗をかいた額《ひたい》。なにかをやり遂げたような誇らしさと、美しいものを見るときの真《ま》っ直《す》ぐな瞳。いつもへの字に引き結ばれていることが多い口が、今日ばかりは緩く微笑みを形作っている。

花火の照り返しを受けて明滅を繰り返す、白銀の顔。

(その横顔から目が離せない……。心臓の音がうるさくて、もう花火の音は聞こえない)

白銀の顔を見つめながらかぐやは、自分の想いがはっきりと変化するのを感じていた。

第5話

『第67期生徒会』

夏休みが終わった。

新学期初日。誰もが憂鬱《ゆううつ》と期待を胸に日常へ舞い戻る。

白銀《しろがね》もその例外ではなく、想いを噛《か》みしめるような表情で窓辺にたたずんでいた。思い出すのはあの日の出来事だ。

なにごとも起きない長い長い夏休みの末、最後に訪れたひとつまみの思い出。男は、それらを振り返り――後悔で死にそうであった。

白銀の脳内にはあの花火大会の日に自分が口走ってしまった『白銀名言集』が走馬灯《そうまとう》のように浮かんでいた。

『だったら、俺が見せてやる　by白銀御行《みゆき》』

『四宮《しのみや》の考えを読んで四宮を探せゲームのことか　by白銀御行』

『いつものに比べれば百倍簡単だったよ　by白銀御行』

思い返すに、それらの台詞《せりふ》を口走った際、さぞや自分はキメ顔だったであろう。

あまりの恥ずかしさに身が引き裂かれるようだった。

力任せに窓拭きをしながら、白銀は湧き上がってくる衝動に耐えきれなくなっていた。

「あー！　もぉおおお！　イタい！　イタすぎる!!　なんで俺はあんな恥ずかしいことを……!!」

胸から溢《あふ》れる思いを口から吐き出しながら、白銀は思った。

（もし今、四宮と顔を合わせたら間違いなく――）

白銀のイメージの中で、かぐやが困ったように笑っている。

「あの日のお言葉……。会長、イタかったですよね、ふふふ」

「誰かーっ！　誰か俺を殺してくれ！」

どうして人は過去の恥ずかしい事件を思い出すと叫ばずにいられないのだろう。

白銀が身もだえしていると、かぐやと藤原《ふじわら》が掃除道具を手に生徒会室にやってきた。

「遅れてすみません！　今学期もよろしくお願いします！」

白銀は居住まいを正し、極力平静を装って挨拶《あいさつ》する。

「お、おう……藤原。四宮も……」

「……」

だが、白銀が視線を向けると、かぐやはぷいっと顔を背けてしまった。

「！」

白銀は衝撃に打ち震えた。

(ドン引きってる⁉　最早、直視できないほどイタい人間と認識されてる⁉　まずい、なんとかしなければ……)

「し、四宮……こないだは……」

だが、白銀が話しかけるとかぐやはさらに顔を背けてしまった。

「！」

白銀はふらふらした足取りで部屋の隅《すみ》まで歩くと、そのままがくりと項垂《うなだ》れた。

(確実にやっちまってる……！　関わりたくないほどのイタい人認定されている……！)

白銀が絶望に沈む一方、かぐやはかぐやで混乱していた。

(違う……。なんで避けちゃうの私⁉　こっ、これじゃまるで私……会長のこと意識してるみたいじゃない！)

白銀はなんとか自分を奮《ふる》い立たせた。

(四宮の信頼を取り戻さねば。ま……まずは普通に挨拶を)

(話しかけるのよ。夏休み前と同じように自然に朗《ほが》らかに)

白銀とかぐやは、お互いに向かって歩き始めた。

――が、口を開くこともできず、ただすれ違うことしかできなかった。

「石上《いしがみ》？　こっちにもホコリがあるぞ……」

「あ、はい……」

「藤原さん……、私たちも掃除しましょうか」

「はーい♪」

白銀とかぐやは、お互い以外の人間には普通に話しかけることができた。

掃除の合間を見計らって、白銀はタイミングを待った。

（次だ……。次こそは絶対に避けない！）

かぐやは必死に自分にできることを探し、それを成そうとした。

（落ち着くのよ。そうだ、目をつぶって歩けば会長の顔を見なくてすむわ！）

二人は、再びお互いを目指して歩き始めた。

避けないと決意した白銀。

目をつぶっているかぐや。

お互いを目指して歩けば、二人がぶつかるのは当然のことである。

「！」

白銀とぶつかった衝撃に、かぐやは目を開けた。

（ここで逃げちゃだめ……）

「私……会長にどうしても言いたいことがあるんです」

「えっ……」

「会長……花火の日……」

だが、そこまで来てかぐやは言葉に詰まってしまう。

(言わなくちゃ、ありがとうって……)

白銀はかぐやの表情を見て、事態を悟った。

あれは言いづらいことを切り出すときの顔だ。痛々しい男を見る女の顔だ。

(やめろ、四宮……。それ以上言わないでくれ……!)

白銀は最悪の未来が目前に迫っていることに恐怖していた。ここでかぐやに「イタかったですよね」なんて言われたらきっともう立ち直れない。

テンションが上がって変なことをしないように自戒していたのに、あれである。今となっては反省している。だから、頼むから、とどめはささないでくださいというのが白銀の本音であった。

「⁉」

一方、かぐやは白銀が苦悶《くもん》に満ちた表情を浮かべていることに気づき驚愕《きょうがく》した。

理由を考えたかぐやは、自分の持っていた箒《ほうき》が白銀の胸元に当たっていることに気がついた。そうだ。先ほど、ぶつかったときの衝撃――

「痛かったですよね……」

かぐやは白銀を案じた。

「！　で、ですよねー‼」

恐れていた言葉を言われてしまった白銀は、ついに耐えきれず走り出した。

「会長……⁉」

かぐやはなにが起きているかわからず手を伸ばすが、白銀は決して振り向かなかった。

――一度こんがらがった知恵の輪は、簡単には解《ほど》けないのである！


ぎくしゃくとした空気が生徒会室に漂っていた。しかし白銀にもかぐやにも状況を打開する手立ては思い浮かばない。

「藤原さん、生徒会誌の確認を会長にお願いします」

「え？　私からですか？」

藤原はかぐやから渡された生徒会誌を手に、数メートルしか離れていない白銀を困った顔で見つめている。

「石上会計、これに校長のサインが欲しい。四宮に渡しておいてくれ」

「いや、そこにいますけど……」

石上は白銀から渡された書類を手に立ち尽くした。

生徒会室には、これまでにないほどよそよそしい空気が立ちこめていた。

そんなことをしているうちに、無情にも時は過ぎていく。

書記である藤原の文字は特徴的だ。読みやすさよりも可愛《かわい》らしさを重視した丸文字で、見る者を楽しい気分にさせる。

そんな彼女の文字でも、ある種の文章に込められた寂しさは薄めることができない。

生徒会室にかけられたカレンダーに書かれている一文。

『10月11日。第67期生徒会解散！』

それが四人の別れを告げる、タイムリミットだった。

■■■

掃除道具を片付けて、一仕事終えた白銀たちはそろって室内を見回した。

「一年……なんかほんとあっという間でしたね」

いつも笑っているような藤原の声も、どこか小さい。

その心境が痛いほど理解できて、白銀はあえてぶっきらぼうに言う。

「ああ……。やっとこれを取ることができる。重いんだよなー、これ」

純金の飾緒《しょくしょ》を外すと、白銀はそれを丁寧《ていねい》に箱にしまった。

首を大きく回しながら、白銀はなんとも言えない解放感にひたっていた。

かぐやは言葉にならない思いでそれを見つめている。

「えー、会長また立候補してくれないんですかぁ？」

藤原が口を尖《とが》らせる。

「さすがにもうやらないですよねー。メリットないし」

石上の言葉に、藤原はきょとんと首を傾《かし》げた。

「メリットって？」

「生徒会長には〝秀知院《しゅうちいん》理事会推薦状《すいせんじょう》〟が与えられるんです。それがあればハーバード大学やケンブリッジ大学へ入学できちゃうんですよ。そのチケットを既《すで》に手にした会長はもう次やるメリットはないんですよ」

「へぇ……。じゃあ、はい！　私が次の会長になります！」

「藤原書記が？」

白銀が目を丸くすると、藤原はえっへんとその大きな胸を張る。

「私が会長に立候補して、当選した暁《あかつき》には生徒会メンバーに皆さんを任命します！」

それを聞いて、石上がケラケラと笑い出した。

「いや、ムリムリムリ！　生徒会云々《うんぬん》のまえに、絶対《ぜって》ぇ、この学園潰《つぶ》れるわ」

「こらこら、石上く〜ん……顔殴るよ」

いつもの笑顔はなりを潜《ひそ》め、限りなく本気の藤原だった。

ふと白銀は思うところがあって、癖は強いがそれと同じくらいに責任感の強い後輩に話を振ってみた。

「だったら石上は？　やってみないか？」

その言葉に、石上は今日一番の笑顔を見せて答える。

「僕が票を取れると思いますか？　僕と目が合っただけでクラスの女子は泣き出すんですよ。ふ、あはははは！」

「全然笑えないし。じゃあ、かぐやさんは？」

藤原に話を振られて、それまで無言を貫《つらぬ》いてきたかぐやは焦った。

「私は……」

白銀がじっとかぐやを見つめている。

かぐやの口からなんらかの意思表示が行われるまえに、石上が軽い調子で言った。

「それこそメリットないでしょ。四宮財閥《ざいばつ》のご令嬢がわざわざ激務の生徒会長なんてやるだけ無駄じゃないですか」

「……」

かぐやは沈黙する。石上の言葉を否定する理由がなかったからだ。

藤原がぽつりと言った。

「それじゃあ、本当にこれで私たちお別れですね……。なんだか急に悲しくなってきちゃいましたね……」

その言葉に室内の全員が黙りこくった。

誰もそれを否定する理由を、持ち得なかったから。


しばらくして、白銀たちは退室することになった。

すべての残務を終えて、彼らが生徒会室に残してきたものはもうなにもない。

「これにて、第67期秀知院生徒会、全活動終了！」

白銀はそんな宣言と共にドアを閉めた。

振り返り、生徒会――いや、元生徒会メンバーに声をかける。

「行こう」

歩き出した面々の顔は寂しげである。

秀知院学園の生徒会は激務である。その重圧から解放されたという事実よりも、きっと失われる関係性を惜しんで、彼らの足取りは重くなっていた。

「どうします？　ファミレスで打ち上げでもやりますか？」

あえて明るい声で、石上がいつものように空気を壊すと、藤原が全力でそれに乗っかった。

「あー、やりたーい！　行こう行こう」

白銀は笑う。そうだ。生徒会が終わってしまっても、彼らが友人であることに変わりないのだ。

「そうだな」

ばたん、と。

重いものが落ちたような音に白銀は振り返った。

かぐやが倒れていた。

「四宮⁉」

苦しそうに胸を押さえるかぐやに、白銀は駆け寄った。

「かぐやさん！」

「おい、四宮‼　大丈夫か、四宮！」

藤原や白銀の呼びかけにも返事はない。

かぐやの顔は苦悶に歪《ゆが》んでいる。

■■■

大学病院の廊下を、白衣を着た壮年の男が部下を引き連れ歩いている。

そこに慌《あわ》てた様子で看護師が駆け寄ってきた。

「田沼《たぬま》教授！　四宮家のご令嬢が……！」

「⁉　コードブルーだ！」

報告を受けた田沼は看護師たちにてきぱきと指示を飛ばし、患者が運ばれてくるのを待った。

連絡を受けてから約二十分後、四宮かぐやはドクターヘリで運ばれてきた。

病院に着いた時点でかぐやの意識はあり、問題なく会話ができる状態だった。

しかし意識レベル以外のバイタルサインが軒並《のきな》み異常値を示していたため、田沼はすぐさま精密検査の用意をするよう看護師に指示した。

■■■

ドクターヘリに同乗できなかった白銀たちはタクシーで大学病院に向かった。

だがいざ病院に着いてからも、彼らは心配しながら待合室の椅子《いす》に座っていることしかできなかった。

じりじりと待ち焦《こ》がれていた白銀は、待合室に入ってきた早坂《はやさか》の姿を目にした瞬間、ここが病院ということも忘れて大声を上げていた。

「四宮は⁉」

「精密検査を終え、今はお休みになられています」

重苦しい顔の早坂に、白銀はなんと言っていいかわからない。

代わりに、白銀たち共通の疑問を口にしたのは藤原だった。

「どこか悪いんですか？」

「検査の結果を聞かなければわかりませんが、実は……かぐや様のお母様も心臓病を患《わずら》っていて、それが原因でお亡くなりに……」

「！」

結局、その日はそれ以上白銀たちにできることはなにもなく、彼らはかぐやの顔すら見ることができずに自宅に帰されることになった。

病院から立ち去る白銀たちに、早坂がいつまでも深々と頭を下げていたのが、やけに心に残った。

■■■

『情熱大国』とテロップがテレビ画面に表示される。流れてくるのはリズミカルな激しいバイオリン曲、誰もが一度は耳にしたことのあるＢＧＭだ。

情熱大国という番組は、様々な分野で活躍するスペシャリストを取材したドキュメンタリーであり、白銀が子供の頃から放送している長寿《ちょうじゅ》番組だった。

画面の中では一人の医師がメスを振るっている。

ナレーションが真剣な様子で手術に挑む医師を紹介し始める。

『田沼正造《しょうぞう》、五十三歳。彼は心臓バイパス手術の第一人者として知られるゴッドハンドだ』

素人《しろうと》目にもわかる熟練の手つきで田沼は手術を続ける。

『彼はこの手で、これまで多くの命を救ってきた。田沼は言う』

オペ室から場面が切り替わり、レントゲン写真が映し出されたＰＣの前に座った田沼医師がインタビューを受けている映像が流れる。

『現代は誰しもが過度のストレスを感じて生きる時代なんですよ。そのストレスは時として心臓病発症の引き金になり、悪化させる要因にもなる。ですから僕はいつもこう言ってるんです。ノーモアストレス！』

ボロアパートの居間で、白銀は父と妹と共にそのテレビ番組を観《み》ていた。

「ノーモアストレス……」

白銀が思わず内容を口ずさんでしまうと、圭《けい》が嫌そうな顔をした。

「ノーモア映画泥棒みたいな言い方してるけど、大丈夫この人？」

テレビ画面の中では田沼医師が踊っている。

『ストレス解消にはね、踊りが一番いいんではないかという結論に達しました。はい、ヤーレンソーランソーランーソーラン』

病院のスタッフや患者が行き交う総合窓口の目の前で真顔で踊り続ける田沼。

そんな田沼の踊りを観ていた白銀の父が、ぽつりとつぶやく。

「ストレスね。誰だって生きていくのは大変だよな」

しみじみとうなずいた父に、圭は思わずつっこんだ。

「いや、あんたはノーストレスでしょ」

「さ、風呂入ってビール飲んでゲームして寝るかな……」

年頃の娘の目の前にもかかわらずおもむろにズボンを脱いで、しかもそれを片付けもせずに風呂へと向かう父に圭は言う。

「クソ親父《おやじ》……」

普段ならばそんな圭の罵倒《ばとう》を咎《とが》めるはずの白銀だったが、彼はほとんど家族の会話を聞いていなかった。

白銀の頭にあるのは、あの日、倒れたかぐやの姿だった。

「俺《に》のせいだ……俺が仕事をやらせすぎたせいで……」

「お兄ィ？」

「四宮……！」

泣きそうに誰かの名前を呼ぶ兄を見て、圭は思いっきり引いていた。

「キモっ……」

テレビ画面の中では田沼医師が踊り続けている。

病院の職員や行き交う人は、そんな田沼の奇行を見て笑っていた。だが、どれだけ笑われても田沼はくじけなかった。彼は踊りこそがストレスに効くのだと自信に溢れた表情で語り続けている。

「……」

テレビ画面を通して、白銀と田沼医師の目が合った。

■■■

大学病院のベッドの上でかぐやは真っ白な天井を見つめていた。

先刻、主治医の田沼から精密検査の結果を言い渡されたときのことを思い出していた。

「先生、もう一度調べ直してください」

「残念ですが、何度調べても結果は同じことかと……」

「そんな……。絶対にあり得ない。私が……そんなこと」

かぐやが何度も首を振ると、早坂が痛ましげな声で彼女を呼ぶ。

「かぐや様……」

かぐやはそこまで思い返すと、ぎゅっと目を閉じた。その先のことは、あまり思い出したくない。

別のことを考えようと、携帯で撮った写真を眺める。

生徒会メンバーのことを撮った他愛《たわい》ない日常の風景が、携帯の小さな画面に映る。

やかましかった日々が切り取られてそこにある。

藤原が笑い、石上が怯《おび》え、そして――

「……」

一枚の写真を前に、かぐやの動きが止まった。

生徒会室の蔵書整理中の場面を切り取った一枚だ。

白銀が分厚い本を片手にカメラを見ている。

それまで真剣に仕事をしていたのが、誰かに呼びかけられて一瞬だけ気を抜いたような表情になっている。

「……」

写真の中の白銀と、かぐやの視線がぶつかった。

かぐやは鋭い痛みを感じて、自《みずか》らの胸を押さえつけた。

生徒会という繋《つな》がりがなければ、もう白銀のこんな表情を見ることもできなくなってしまうかもしれない。

藤原が誘わなければ夏休みに一緒に遊ぶこともできない二人なのだ。

クラスも違うため、たまに廊下ですれ違うくらいはあるだろうけど、挨拶をしてちょっと近況を報告しあったりしても、休日に遊ぶ約束なんてきっとできない。

今までは、同じ生徒会に所属していたからこそ、一緒にいることができたのだ。

だが、白銀はもう生徒会長でなくなってしまう。次の選挙で別の誰かが立候補して、かぐやたちはきっとバラバラの学校生活を送らなければならない――

生徒会。

ふと、かぐやはあることを思い出した。

自分が生徒会に入った時のことだ。

あの時は、会長になった白銀から指名されて副会長を引き受けたのである。

生徒会長は、生徒会の役員を指名することができる。

――またみんなと一緒にいられる方法があるかもしれない。

かぐやは、ベッドの中で決意を固めた。

白銀はずっと窓の外を見ていた。

生徒会の業務から解放された白銀は格段に自由時間が増えた。読書でも勉強でも、それこそ今ならば石上から勧められたゲームだってする時間はある。

それでも、休み時間のたびに白銀は窓の外ばかり見て過ごしていた。

「……」

たぶん、白銀を夢中にさせてくれるものは今、秀知院学園にはないからだ。

だから白銀は自分でも気づかないうちに外ばかり眺めて、そして学園の誰よりも早く彼女の姿を見つけた。

「！」

次の瞬間、白銀は教室を飛び出していた。


かぐやが学校にやってくると、教室にたどり着くよりも生徒会のメンバーに出迎えられるほうが早かった。

白銀と藤原と石上。

三人が三人とも、深刻な表情で駆け寄ってくる。

「四宮！」

生徒会の人が校内を走っていいのですか、とかぐやは軽口を叩こうとしたが、直前でやめた。

もう生徒会ではないのだ。

代わりに、かぐやはこんなことを口にした。

「どうしたんですか？　みんなして」

「どうしたって。大丈夫だったのか……⁉」

白銀たちに心配してもらえていることがわかって、かぐやは胸が詰まった。視線があらぬ方向に泳ぐ。

「ええ、大丈夫です。なんでもなかったですよ」

ぎこちない笑みがかぐやの顔に浮かんだ。

「⁉」

かぐやの不自然な反応を見て、白銀は一瞬、言葉に詰まった。

「四宮先輩に限って大丈夫に決まってますよねー」

「よかったぁ……。すっごく心配したんですよ、もう！」

石上と藤原が笑い合っている。

だが、白銀は険しい顔のままかぐやを見つめている。

（いや、おかしい……。俺にはわかる。四宮はほんの一瞬、目をそらした）

白銀はかぐやが「大丈夫」と言う直前に、その視線を泳がせたことを思い返していた。

(あれは、明らかに嘘《うそ》をついているときに行う人間の行動特性――)

抱えた秘密を胸にしまっておくことができず、白銀は率直に言う。

「四宮……お前――」

嘘をついているな。

そう言い切るまえに、白銀の言葉はかぐやに遮《さえぎ》られた。

「皆さん聞いてください。私、たった今生徒会長に立候補してきました」

「！」

その言葉の意味を判じかねてその場にいる全員が沈黙した。

だが、すぐに嬉《うれ》しそうな藤原の声が上がった。

「え、本当ですかぁ⁉　やったー！」

「四宮先輩なら当選間違いなしっすよ！」

喜ぶ二人と違い、白銀は素直に喜ぶことができなかった。

「おい？　どうして急に……⁉」

白銀の質問に、かぐやは少しだけ声を落とした。

「残された時間――またみんなで一緒にいたいですから……」

「残された時間……？」

かぐやの言葉を聞いて、白銀は最悪の想像をしてしまった。

病院の個室に白銀はいる。

視線の先には、ベッドに横たわるかぐやの姿がある。

「かい……ちょう……」

白銀に向かってかぐやは弱々しく手を伸ばす。

普段ならば特に声量が大きいというわけではないのに不思議とはっきり聞こえるかぐやの声が、今だけは聞き取りづらいほどだった。

かぐやの手を握り返そうとしたところでベッド脇の計器がけたたましいアラーム音を響かせた。心拍数を表示するグラフが弱まっていく。

「四宮！　四宮、おい、おい四宮！　四宮！　目ぇ開けろ四宮‼」

白銀の必死の呼びかけに答えたのは、ピーという無機質な電子音だった。

平坦でチープな、しかしとてつもなく大きな意味を持つ音。

それは、かぐやの心臓が停止したことを示すサインだった。

チャイムの音が聞こえて、白銀ははっと顔を上げた。

「行きますよ～」

藤原がかぐやと石上を引き連れて早足で去っていく。

しかし白銀は、その場所に立ち尽くすことしかできなかった。

「四宮……」

■■■

白銀は誰もいない生徒会室に立っていた。

いつもかぐやが座っていたソファーを眺めていると、今でも目の前に彼女がいるような気さえしてくる。

だがそれは過ぎ去った時間なのだ。今ではもう失われた過去の記憶。

かぐやは生徒会長に立候補し、それを取り戻そうとしている。

白銀は藤原や石上のように素直にそれを喜ぶことができなかった。

『ストレスは、心臓病発症の引き金になり、悪化させる要因にもなる』

テレビ番組で医師が語っていた言葉が白銀の頭の中で繰り返されている。

そして、早坂が語った一言も。

『実は……かぐや様のお母様も心臓病を患っていて、それが原因でお亡くなりに……』

白銀は決意した。

「絶対にだめだ。あの体で無理させたら四宮は……」

頭を振って、かぐやの幻影を振り払う。

白銀は拳《こぶし》を握りしめた。

（だったら……答えは一つ！　白銀御行、一生に一度根性を見せるとき！）

■■■

電光掲示板の前に集《つど》った生徒たちがざわめいている。ある者は自分の所持している情報を誰かと交換し、またある者はＳＮＳで拡散する。

話題の中心は巨大モニターに映し出された次の文章だ。

第68期　私立秀知院学園生徒会長　立候補者一覧。

白銀御行。

四宮かぐや。

以上、二名。

白銀が廊下を歩いていると生徒たちが遠慮がちに視線を向けてくる。

潜められた会話が、しかし何十人もの生徒たちによってかわされるために巨大なざわめきになって白銀の耳に届く。白銀はそれを無視した。

白銀は去年の選挙で、外部入学生でしかも一年時に生徒会長に立候補して当選した。知名度による不利をはねのけ、学校の長たる地位に上り詰めてみせた。

その後も生来の真面目《まじめ》さや優秀なメンバーに支えられ、白銀は人気を落とすどころか誰もが認める生徒会長として学園の頂点に君臨《くんりん》していたのだ。

その白銀が再び生徒会長に立候補した――普通ならば、彼の勝利は揺るがない。

去年の選挙とは違って、学校中の生徒が白銀御行の名を知っている。

また、それだけでなく、能力も認められている。完璧な男と噂《うわさ》される白銀御行を超える存在など、秀知院学園中を探してもなかなかいない。

だが、皆無ではないのだ。

白銀と同じくらいの知名度を持ち、完璧な淑女《しゅくじょ》として人々の注目を集める人物が一人いる。

彼女が対立候補だからこそ、今回の選挙は秀知院学園すべての関心を集める選挙となったのだ。

「……」

白銀が歩くと、誰もが振り向き、囁《ささや》き合う。

だが周囲の噂話など気にしない。白銀が気にしているのはただ一つのことだ。

ふと、白銀は足を止めた。

彼の進路を一人の女子生徒がその身で塞《ふさ》いでいた。

「あれだけ嫌がっていたのに、どうしてまた立候補を⁉」

四宮かぐやが険しい表情で質問をぶつけてくる。

白銀は真っ直《ます》ぐにかぐやの目を見て答えた。

「簡単なことだ。四宮には生徒会長はやらせない」

「だったら、私は立候補を取りやめて、また副会長に――」

白銀はその言葉を遮った。

「会長職だけじゃない。四宮はもう生徒会にはいらない」

「！」

はっきりと伝える。

白銀の言葉に、案の定かぐやは目を剝《む》いた。

かぐやの驚きが、徐々に怒りへと変わっていく様子を、白銀は無表情に見つめていた。

「この一年、あなたの下で一生懸命働いた私に、その言いようはあんまりじゃないですか？」

拳を握る。

少しでも気を抜けば、かぐやに本当のことを言ってしまいそうになる。

だが、どんなに彼女を怒らせようと止まることはできない。

白銀は声を振り絞るように言う。

「後悔している。四宮を副会長にしたことを」

それは紛《まぎ》れもない白銀の本心だった。

——たとえ彼女に嫌われてしまったとしても、それよりも大事な目的が白銀にはある。

かぐやは悔しさを堪《こら》えるような表情を見せたあと、毅然《きぜん》とした声で言う。

「そうですか。だったら、今日から私たち、ライバルですね」

「ああ。ライバルだ」

そうして、白銀とかぐやの戦いが始まった。

第6話

『かぐや様は選ばれたい』

生徒会選挙——会長職に立候補した二人のポスターが校舎の外壁に掲げられる。

『キング・オブ・プリンス　白銀御行《しろがねみゆき》』、スローガンは『一生に一度の決意!』

『キング・オブ・プリンセス　四宮《しのみや》かぐや』、スローガンは『命をかけます』

多くの生徒がそのポスターを見上げ、どちらが勝つのだろうかと予想をぶつけ合った。

学園の憧《あこが》れの的である白銀御行と四宮かぐやの一騎打ち。

この戦いは秀知院《しゅうちいん》学園史上、最も注目の選挙戦となった。


白銀が廊下を歩くだけで生徒たちから「応援してるよ」などと声がかかる。

しかしそれはかぐやもまた同じであった。

選挙期間中、二人の動向に学校中が注目しているようだった。

自分を応援してくれる生徒たちに向けて微笑《ほほえ》みを浮かべながら、白銀は最も信頼する男のもとへと向かった。

生徒会長選挙は、立候補者自身の演説と他一名による応援演説が行われる。

白銀はこの応援演説に石上《いしがみ》優《ゆう》を指名した。

一方、かぐやは藤原《ふじわら》千花《ちか》を指名した。

かぐやは自分の弱点を自覚している。近寄りがたいという印象を他人に与えてしまうのだ。

その点では藤原はかぐやと正反対だ。誰にでも好かれる雰囲気を持っているし、こう見えて決して約束を破らないという義理堅さも持ち合わせている。

政治家一族の娘ということもあり人前で喋《しゃべ》ることに慣れているのも大きい。

――いや、それらはすべて後付けかもしれない。

白銀と戦わなければならなくなったことに傷つき、無意識に元生徒会のメンバーに寄りかかり、頼ろうとしているのではないか。

「……」

かぐやは弱気な思いを振り払って前を向いた。

選挙活動中に、絶対に自分の弱みなど見せてはならないのだ。

真っ二つに分かれた元生徒会メンバーはそれぞれの方法で選挙期間を過ごした。

白銀の戦略はシンプルだ。

顔を売り、自《みずか》らの正当性を訴え、数多くの生徒に呼びかける。

具体的には部室を回り挨拶《あいさつ》し、登下校の時間帯に校門前で演説するのだ。

足を使い地道に票を獲得しようとする、いわゆる〝ドブ板戦術〟。

それに対して、劣勢を自覚しているのはかぐやだ。

白銀には前生徒会長というアドバンテージがある。不祥事を起こしたわけでもなく、支持率の高いまま任期を終えた白銀は、「どちらを選んだらいいか決められない」という生徒たちからの票を集めやすい。

かぐやは手段を選ぶ余裕がなかった。

大教室に生徒たちを集め、専属シェフによる料理を振る舞った。

さらに参加者を飽きさせないための工夫としてVR技術を駆使したアイドル風ライブを行うなど、他では絶対に見られない激レアイベントも用意した。

参加者たちにはもちろんお土産《みやげ》も用意してある。早坂《はやさか》たち使用人が配る菓子折りだ。しかもそれと共に紙袋に入れられた封筒には、一万円札が入っている。

有権者たちを一堂に集め、ＩＴを駆使し金券を配り票を獲得しようとする、いわゆる〝おもてなし〟戦術。

――学校が真っ二つに割れたようだった。

校内の電光掲示板には『生徒会選挙　予想速報！』と題された画像が映し出されている。白銀とかぐやの二人の顔、そして『両者互角か⁉』と大きな文字が躍《おど》っているが、それ以上にめぼしい情報はない。

白銀とかぐやのどちらが優勢なのか知りたい生徒たちにとっては、もう少し情報はないのかと作成者を問い詰めたくなるほどだ。しかし、もったいぶっているわけでも出し惜しみしているわけでもない。

現状では、本当に秀知院《しゅうちいん》の誰もが、白銀とかぐやのどちらが優勢なのかわからないのだった。

両者の戦いはほぼ互角。選挙当日まで票の行方は見えずにいる。

だがこのとき、裏では大きな波乱が巻き起こっていた。

■■■

四宮家別邸、かぐやの自室にその報はもたらされた。

「藤原さんが⁉」

「はい。ここ数日間、白銀元会長と密会を続けています」

早坂の能力をかぐやは高く評価している。

その早坂が推測ではなく断言した意味を嚙《か》みしめながらも、かぐやはどうしても彼女の言葉を信じられなかった。

「まさか⁉　……そんなことあるわけない。あの藤原さんが」

「信じたくない気持ちはわかりますが、この映像を……」

早坂はタブレットに映像を表示してみせた。


藤原が周囲を気にしながらこそこそと備品倉庫前へとやってくる。

三回ノックすると倉庫のドアが開き、白銀が顔を見せた。

「御行くーん」

親しげに白銀の下の名を呼び、彼女は恋人に甘えるように「お待たせ」としなを作った。

白銀は急ぐように藤原の手を引き、中へと引きずり込む。

「どういうこと……⁉」

その短い動画を見て、かぐやの顔色はすっかり青ざめていた。それを見て、早坂は哀《かな》しそうに目を伏せた。

タブレットに表示された映像は、かぐやのための調査で使うトイドローンによるものだ。画質も問題なく白銀や藤原の顔まではっきりと映っている。人違いという線はない。

「いったい中でなにを……⁉」

かぐやは責めたてるように早坂を見た。

「それは……大変申し上げにくいのですが」

彼女が最も信頼する近侍《ヴァレット》は、辛そうに視線を落とす。

動画の続きに答えがあることを無言で示したのだった。

かぐやは再びタブレットに意識を戻した。


備品倉庫の外壁が映っている。ドアが閉まっているため、中の様子を確認できる材料は指向性マイクによる音声だけだ。

だが、それだけで十分だった。

『もっと！　もっと腰を振ってください！』

『おおーっ！　もう無理だって！』

『もっと！』

『限界だって！』

『もっと！　腰を強く！』

『うおおっ！』

必死な白銀の声。

普段、クールに喋る彼からは考えられもしない声色《こわいろ》。

そして、「もっともっと」と藤原がしきりにねだっている。

音声だけで、十分だった。


「あの二人が……嘘《うそ》……」

かぐやは呆然《ぼうぜん》とつぶやいた。

早坂はそんな彼女に一瞬だけいたわるような視線を向けたが、自らの責務を果たすべく報告を続けた。

「白銀元会長は、藤原さんを自分のものにし、こちらの情報を引き出していると思われます……」

かぐやの胸中に嵐があった。

もとはといえば、かぐやは生徒会の皆と一緒にいたいがために生徒会長に立候補したのだ。それも白銀に会長の重責を押しつけまいとしただけで、推薦状《すいせんじょう》や会長という立場など欲しくもなんともなかった。

事実、白銀が立候補したと聞いたときはすぐに立候補を取りやめようとしたくらいなのだ。それなのに彼はかぐや陣営の藤原を籠絡《ろうらく》してまで選挙に勝とうとしている。

──白銀が石上を応援演説に選ぶのはわかっていた。

いつだったか、白銀と石上が放課後、自販機の前で何十分も楽しそうに話しているのを見たことがある。そこには、かぐやが決して立ち入ることができない絆《きずな》があった。

ならば、かぐやが選ぶべきは藤原しかいないではないか。藤原はかぐやの最初にできた友人なのだ。そして、かぐやにとっては生徒会との最後の繋《つな》がりなのだ。

それなのに白銀と藤原が、まさか、そんな──

かぐやは、はじめて白銀のことを憎んだ。

「なんて汚らわしい！　許すまじ……白銀御行！」

かぐやは殴られたからといって素直に殴り返す性格ではない。かといって、泣き寝入りするような殊勝な女であろうはずもない。

単純に殴り返しただけではこの気持ちは収まらない。

相手が卑怯《ひきょう》な手を使うならば、それをとことんまで利用して優位に立ってやるのだと、かぐやは固く拳《こぶし》を握りしめた。

■■■

全校生徒が集められた講堂は、かつてない熱気に満ちていた。

校長の長話、自分とは関係ない部活がどこそこの大会で入賞した報告など、堅苦しい式典――学校行事というのは退屈に満ちているのが常だったし、可能であるならば参加したくないと思う生徒が大半を占めるのは、名門秀知院でも変わらない事情だった。

しかし、今日は数少ない例外だ。

講堂の扉に貼られた『第68期生徒会選挙』の文字がその理由である。

全校生徒が注目する選挙の当日、白銀とかぐやは講堂に入らず待機していた。

白銀の隣には石上が、そしてかぐやの隣には藤原がいる。

「どきどきしますね～、ねえ、緊張しますか？」

藤原はいつも通りにこにこと笑っている。

「……」

石上は応援演説の内容が書かれたメモを何度も読み返し、緊張に耐えていた。

白銀とかぐやは、その二人を挟んで両端に分かれている。

もしも今、事情を知らない他人がこの光景を見れば、両陣営が綺麗《きれい》に二つに分かれているように見えるだろう。しかし違うのだ。

かぐやの目には、緊張して何度も手のひらに人という字を書く石上も、そして踊るように浮かれている藤原も敵として映っている。かぐやは孤立無援の状態にあった。

かぐやは涼しい顔で内心の嵐を押し隠していた。

そしてじりじりするような長い時間が過ぎてから、講堂の中からマイクを通した司会の声が聞こえてきた。

「それでは、これより『第68期生徒会選挙』を行います。立候補者、入場！」

係員の手により扉が開かれ、興奮と期待とそれを上回る好奇心に満ちた全校生徒の目がかぐやたちを出迎えた。

万雷《ばんらい》の拍手の中、白銀とかぐやはその生徒たちの間を抜け、壇上《だんじょう》へと向かった。


白銀は壇上脇に控えて、応援演説をする石上を見守っていた。

「白銀元会長は……」

原稿を持つ手がぶるぶると震え、マイクを通して聞こえる声も割れてしまっている。

責任感が強く、とくに自分に課せられた仕事に関しては手を抜かないのが石上である。人前で喋ることは苦手だが、きっと隠れて練習していたに違いない。

それでも完璧は望むまいと白銀は考えていた。だから少しくらいつっかえても気にするなと事前に伝えてあったのだが、それにしても様子がおかしい。

（石上？　しっかりしろよ……ちゃんと読んでくれ）

自分よりも彼自身のために、白銀は石上の成功を願った。

「コストカットがとてもうまく……み、み、皆さんが思う存分青春を謳歌《おうか》できるよう……青春？」

壇上脇から見ていた白銀は、咄嗟《とっさ》にヤバいと声を上げそうになった。

緊張と混乱でいっぱいいっぱいだった石上に、なにかのスイッチが入ったのがわかってしまったのだった。

案の定、石上は暴走した。

「つーか、青春とかマジ気持ちわりー。友情？　恋？　はぁ？　ばっかじゃねえ！　マジくだらねーつーの！」

今日一番はっきりと喋った言葉がそれだった。

吐き捨てるように、叩きつけるように石上はマイクに向かって毒づいていた。

「おい、青春ヘイトやめろ！」

白銀はたまらなくなって呼びかけた。

いつもはよく懐いた大型犬のように白銀の言葉に反応する石上なのに、今日ばかりは効果がない。

「あーみんな死なねーかなー」

言うだけ言うと、ようやく石上は我に返ったのか、ぶるぶると震えだした。

「い、以上です！」

怯《おび》えるようにそれだけ言って、彼はそそくさと演台から降りてしまう。

「おい！」

白銀は思わず頭を抱えた。

ただ失敗するだけならまだいい。その可能性もあるだろうと事前に考慮しながらも白銀は石上に応援演説を任せたのだ。

だがなぜ、よりによって青春を謳歌している大多数の生徒を敵に回すようなことをしてしまうのか。

石上に悪意がないのはわかっているが、このことが及ぼす不利益を考えると途端に頭が痛くなる白銀であった。


続いてかぐや陣営の応援演説である。

「我が校の生徒会はOB管理のもと、寄付金によって運営されており、動かす金額は子供の遊びで片付けられるものではありません」

いつものような幼さを感じさせる口調が多少は残るものの、藤原の言葉ははっきりしていて聞き取りづらい部分がない。

（さすがは藤原さん。曾祖父《そうそふ》が元総理、叔父が現職の大臣。政治家一族のことだけはあるわ）

かぐやはうっすらと微笑みを浮かべる。

「皆様のご両親が朝早くから夜遅くまで働き、皆様を想って贈られたお金です。それを堅実に運用できる方を選ばなければなりません。それは、四宮かぐやしかおりません！　どうか、四宮かぐやに清き一票をお願いいたします！」

（だけど、藤原さん。あなたとの友情も今日で終わりです）

かぐやは微笑みを浮かべたまま、決して友人には向けてはならない類《たぐ》いの視線を藤原に向けていた。

「ご清聴ありがとうございました」

かぐやから向けられる蔑視《べっし》にも気づかず、藤原は仕事をやり遂げ、満足した表情で演台から下りる。

そんな彼女に向けられる生徒たちの拍手は、おざなりなものではなく確かな熱がこもっていた。

（くっ。一歩リードされたか……）

思わず白銀もそんな風に考えてしまうほど、応援演説の優劣は明らかだった。

「それでは続きまして、立候補者演説に移ります。四宮かぐやさん、お願いします」

「はい」

呼ばれたかぐやは慌《あわ》てることもなく、落ち着き払った様子で壇上へと向かった。

そしてそのままマイクを手先で触ると、キーンと耳障《みみざわ》りな音が講堂に響き渡った。

周囲の生徒と話し始めていた者たちも、思わず顔を上げる。

演説を聞いていた翼《つばさ》はその音に怯え、隣にいる柏木《かしわぎ》にしがみついていた。

「今のハウリングは、わざと」

柏木は翼を押し返しながら言う。

「え、マジ？」

どういうこと？　と視線で問いかけてくる翼に、柏木は解説した。

「教師も含め、ほぼ全員の意識が強制的に向けられた」

なるほど、とうなずく翼もすぐに視線を壇上に戻した。

「さすが四宮……」

白銀もかぐやの行動の意味に気づいていた。尊敬と警戒を絶妙にブレンドした視線を注ぎながら、彼は注意深く耳を傾ける。

かぐやが喋り始める。

「皆さん、こんにちは。このたび、第68期生徒会会長に立候補いたしました、四宮かぐやです。私はこの一年、前生徒会長である白銀御行さんを信じて副会長の任務を全《まっと》うしてきました」

「……」

白銀はその言葉を後悔と共に聞いていた。

この一年、かぐやと共に働いてきたことは間違いだったと思っている。

四宮かぐやに生徒会活動を行わせないこと、まさにそのために白銀は生徒会長に立候補したのだ。

そのためにはたとえかぐやに恨まれても構わないと、不退転の覚悟を持ってこの選挙戦に挑んだ白銀である。

かぐやの戦術は予想できる。このような場合、自陣のメリットを挙げるよりも敵陣のデメリットをあげつらうほうが効果的なのだ。

どんな誹謗中傷《ひぼうちゅうしょう》が飛んでこようが構わないと白銀は待ち受けた。

「しかし……、そんな私がいかに浅はかで世間知らずであるかをこのたび痛感いたしました。この男、白銀御行は私の応援者である藤原千花さんと密会していたのです！」

「⁉」

思いも寄らないことを指摘され、白銀は面食らった。

生徒たちも何事かとざわついている。

「えっ　私にぃ？」

藤原が間の抜けた声を上げる。

「密会？　会長が？」

それを聞いた翼はきょとんとして隣を向いた。柏木もなんのことかわからないという顔をしている。

動揺が生徒たちに広がりきったのを確認し、かぐやはここぞとばかりに畳みかけた。

「白銀元会長は藤原さんを内通者として利用し選挙情報を聞き出していました。勝つためには手段を選ばない卑劣《ひれつ》な男なのです!!」

「ちょ、おい、待て、四宮！　それは違う……！」

どんな誹謗中傷が飛んでこようが構わないと思っていたが、さすがに想定外の方向からの攻撃につい情けない声を上げてしまった白銀だった。

「信じていたのに……！」

壇上ではかぐやが傷ついた表情で、白銀の非を訴えている。

「四宮……。ちょっと待ってくれ。俺の話を聞いてくれ！」

白銀の大声に顔を上げたかぐやは、一瞬だけ目を光らせてからどこかに目配せをした。

「あら、言い訳をなさるおつもりですか？　こちらには証拠があるんですよ！」

言い切ると同時に、かぐやから合図を受けた早坂がタブレットを操作した。

スクリーンに備品倉庫前の映像が映し出される。

『御行くーん。お待たせ』

白銀と藤原が密会している例の動画である。

生徒たちのざわめきが秒ごとに大きくなっていった。

「！」

白銀と藤原が驚きながらも否定しないのを見て、かぐやはマイクに向き直る。

「いったい、この中でなにが行われていたのか。それはとても汚らわしく私の口から言うことができません」

「さすが会長……！　食っちゃったんだ」

かぐやの告発を聞いた翼は、これぞ百戦錬磨の手腕だと膝《ひざ》を叩いた。

柏木は落胆しながらつぶやいた。

「巨乳好きだったんだね……。なんかすごいショック……」

それ以外の生徒からも、嘆くような声があちこちから聞こえてくる。

全校生徒から非難の視線を浴びて、白銀はうめいた。

「だから違うんだって……！」

思わず否定する白銀にかぐやは鋭い視線を向けた。

「違う？　なにがどう違うと言うんですか!?」

その眼光にたじろいだ白銀だったが、なんとか言葉を振り絞る。

「備品倉庫で……秘密の特訓を」

「秘密の特訓？　汚らわしい特訓ではなくて？」

かぐやの追及は緩まない。

白銀は両手を大きく広げて否定した。

「違う！　ソーラン節……。ソーラン節を習ってたんだ」

あまりに稚拙《ちせつ》な言い訳だ。かぐやは笑いを堪《こら》えられなかった。

「もっとましな嘘をついたらどうなんですか？」

「かぐやさん！　それ本当です！」

今度の弁明は白銀ではなく、藤原から飛んできた。以前ならばまだ聞く耳も持てたかもしれない。だが、今や藤原は裏切り者である。

こんな胸部と引き換えに羞恥心《しゅうちしん》や道徳を母胎《ぼたい》に置き忘れてきたリボン女の言うことなど、かぐやに信じられるはずはなかった。

「信じられません。あなた、〝御行くん〟と呼んでいましたよね」

「だってもう会長じゃないから！　だから名前で呼んでいたんです！」

「あら、そうですか。苦しい言い訳ですね。ではなぜ今、突然ソーラン節なんですか？」

「……」

沈黙した藤原を前にかぐやは勝ち誇った。

「ほら、答えられないじゃないですか」

かぐやは白銀にずっと勝ちたかった。

彼を打ち負かし、跪《ひざまず》かせ、自分のことを心ゆくまで褒め讃《たた》えさせ、そして――

今、かぐやはあれほどまで願った勝利を目前にしている。

だが、どうしてだか胸が苦しくてたまらなかった。

手は怒りに震え、瞳孔《どうこう》が開いていくのがわかる。うっすらと肌に汗をかいているのに、鳥肌が立っているのがわかる。一瞬ごとに心臓は速さを増していく。

典型的なストレス反応だ。

かぐやは、心なんてあやふやなものに簡単に支配されてしまう自分の体が嫌いだった。だから白銀に負けたくなかったのだ。負ければきっと自由でなくなってしまう。だから自分から告白するなんて敗北宣言みたいなまねはできず、無様にあがき続けてきたというのに。

だけど、そもそも、なんで白銀に勝っている今、こんなにも自分は苦しんでいるのか？

――ああ、胸が痛い。

「……ノーモアストレス！」

「!?」

白銀が突然叫んだ言葉に、かぐやははっと顔を上げた。

「テレビで観《み》たんだよ。ストレス解消には踊りが効くって」

そのとき、白銀の脳裏には自宅で観た『情熱大国』が映し出されていた。

その映像では田沼《たぬま》医師が大真面目《おおまじめ》な顔で踊っていた。

——望みが叶《かな》うならば、藁《わら》にでもすがろう。

ましてや、田沼医師は世界的な名医である。田沼医師の言葉を信じて白銀の望みが叶うならばどうして躊躇《ちゆうちよ》することがあるだろう。

なぜなら、白銀の望みは——

「ストレスは心臓病にはよくないんだ」

「！」

かぐやは白銀の視線を追って衝撃に打たれた。

痛む胸を押さえつけるようにきつく握りしめられたかぐや自身の手。

白銀は痛ましいものを見るような視線をそこに向けていた。

「だから……俺は、選挙活動が終わったら、お前と毎日ソーラン節を踊ろうと思って……」

「……」

言葉がなかった。

熱いなにかが胸につかえて、呼吸さえ苦しいようだった。

——ああ、胸が痛い。

だけど、先ほどまでとはまったく違って。

「そうですよ！　だから私たちは、踊りが超下手な会長に秘密の特訓を」

藤原はようやく本当のことが言えると息せき切って語り始めた。


『行きますよー、せーの……ヤーレンソーランソーラン、はいはい！　よいしょ！　よいしょ！　……違いますよ、御行くん！　もっと！　もっと腰を振ってください！　もっとですよ！　もっともっと！』

藤原はあまりにも下手くそな白銀の指導をするために、鬼になっていた。

『おおっー！　もう無理！　これ限界だよ！』

どれだけ彼が弱音を吐いても藤原は指導を緩めない。

何度も何度も「もっともっと」と言い続けて白銀の背中を叩いた。

それもすべて、かぐやの健康のためだった。


こう見えて、藤原千花は案外口が堅い。

秘密にしてほしいと言われればどんな場面だろうと口を割らない律儀さがあり、そのあたりがかぐやと友人関係を長く続けられた要因の一つだった。

白銀がすべてを話すと決意したのを見て、藤原はようやく事情を説明できたと肩の荷をおろしたのだった。

「僕もいました！」

石上が大声を張り上げる。

身を隠すように座っていた石上は、なけなしの勇気を振り絞って白銀の援護をしたのだった。

だが、かぐやはそれでも信じられなかった。

「嘘……そんなの嘘よ！」

「嘘じゃないですって！　御行くん！　練習の成果を！」

「え、今？」

「今！　音楽、スタート！」

藤原はスマホを取り出し、ソーラン節の音楽を流した。

状況に戸惑いながらも、白銀は踊り始めた。

♪ヤーレンソーランソーラン……

腰を落とし右腕を突き出した〝構え〟の姿勢から、手を波打つように上下させながら右に左に交互に振って北海道の荒波を表現する――

ソーラン節の振り付けである。

だが白銀のそれは、どう見ても溺《おぼ》れた人間が手足をばたつかせて沈み込んでいくようにしか見えなかった。

「なんだよ、あれ」

「ダッサ……」

白銀のあまりにもヘンテコな動きを見て、生徒たちから失笑が漏れた。

ゲラゲラと笑いながらスマホを取り出し、元生徒会長の痴態《ちたい》をＳＮＳにアップしようとしている輩《やから》もいる。

「ムリムリムリ！　勘弁してよ～、会長！」

以前は白銀を師と讃《たた》えていた翼さえ腹を抱えて笑い転げるありさま。

失望と嘲笑《ちょうしょう》と非難と哄笑《こうしょう》が白銀に与えられ続ける。

だが、それでも白銀は踊り続ける。

ソーラン節を。

それはニシンの大漁《たいりょう》を祝い、海と漁師《りょうし》の溢《あふ》れるパワーを讃えた歌なのだ。

それは長く歌い続けられ、何万人もの人々に踊られた祈りと感謝の歌だ。

「え？」

笑っていた翼は突然の痛みに苛《さいな》まれた。柏木に頰《ほお》をつねられていた。

無言の暴力で恋人を咎《とが》めた柏木は、無言のまま「前を向け」と翼に顎《あご》で命じた。

「……」

かぐやは胸を押さえていた。

♪ヤーレンソーランソーラン　ヤレン　ソーランソーラン　ハイハイ
白銀がなにかを掴《つか》むように腕を突き出した。

ウケ狙いでもなんでもなく、なぜか大真面目にソーラン節を踊り続ける白銀を見て、多くの生徒たちが声を上げて笑っていた。

だがかぐやは笑えなかった。

ちっとも笑えなかった。

痛みではなく、なにかを奪われたと思ってかぐやは胸を押さえていた。

白銀の動きはとてもニシンを捕る勇《いさ》ましい漁師のそれではない。

だが、確かにかぐやは自分の中の大事ななにかが彼に掴まれ、奪われてしまったことを感じていた。

「もうわかりました……！　もう結構です！」

ついに、かぐやはそんなことを叫んでいた。

かぐやは本当に限界だった。白銀の踊りをこれ以上見ていられなかったのだ。

「私てっきり……、本当にごめんなさい……」

それ以上は言葉にならず、かぐやは素直に頭を下げた。

踊り疲れて荒い息を吐きながら、白銀は短く言った。

「わかったならいい……。演説を続けろ」

白銀は藤原に合図して音楽を止めさせた。

■■■

「私は、生徒会に入るまではずっと、誰かを信じたりすることなく生きてきました……」

演説を再開したかぐやは、台本にない台詞《せりふ》を口にしている。

マイクに向かって語りかけるのは、もう生徒たちに向かって自らの正当性を訴えるためではない。ましてや、白銀をおとしめるために言葉のナイフを向けるのでもなかった。

「……この世にいい人なんていないと思っていたんです」

名探偵に罪を暴かれ事件の動機を告白する犯人のように、かぐやはマイクに向かって静かに語り続ける。

「だから……完璧だと謳《うた》われている会長の醜《みにく》い部分を炙《あぶ》り出してやろうと思ったんです」

ある日のことだった。

制服姿の白銀が自転車を漕《こ》いでいた。

その進行方向にバッグを置いたかぐやは、車に身を潜《ひそ》め成り行きを見守った。

白銀はバッグが落ちているのを見つけると、周囲を確認した。

落とし主らしき人物がいないのを見ると、バッグを開けてみる。

「えーっ！」

バッグには、これでもかと札束がぎっしり詰まっていた。信じられないものを目にしたような顔で白銀は辺りを見回した。

それを物陰《ものかげ》から見ていたかぐやは、ふんと鼻を鳴らした。

当然、あの大金はかぐやが使用人に命じて仕込んだのである。中身はちょうど二億円あった。

どれだけ高潔を装っていても、一皮剝《む》けば人間などこんなものだということを証明するための必要経費だ。白銀の浅ましい姿が拝めるならばあれくらいの金、惜しくはない。

かぐやは、白銀が自転車の籠《かご》にそれを入れたのを見て、自宅か銀行に直行するつもりだと思っていた。

「おまわりさーん！」

だから、彼が迷わず交番に駆け込んだ姿を見て、かぐやは目を丸くした。

「大金が道に落ちていたんです！　見てください――」

「でもそれは、いつまでたっても見つけられなくて……」

かぐやは顔を上げた。

「そのうち根負けして、会長みたいなタイプも世の中にはいるんだと認めたんです」

記憶を掘り起こせば、そのような例はいくらでもあった。


ある日のことだった。

行方不明になってしまった子供を大勢の人が探していた。

遊んでいて帰れなくなったのか、うっかり迷い込んでしまったのか——家に帰ってこない子供を探すために捜索隊が結成されていた。

警察や地域ボランティアなどが集まって全力を尽くしているのだが、なかなか見つからない。

無線や携帯に連絡する声や、泣きながら子供の名を呼ぶ両親の声をかき消すように、威勢のいい叫び声が聞こえてきた。

「いました！　見つけました!!」

白銀だった。

彼は『学生ボランティア　白銀御行』と書かれたタスキを掛け、頭に赤いタオルを巻いている。

大勢の人間に何時間にもわたって探し続けられた子供は、今や白銀の腕に抱きかかえられていた。

大きな拍手が白銀と子供を迎える。

みんなが笑っていた。


そんな彼の善行の積み重ねが、かぐやの認識を変えたのだ。

「世の中、打算なしに生きている人もいるんだって」

かぐやにとって、周囲の人間とは打算と欲望に塗《まみ》れた存在だった。だから白銀が心からの善人だと信じられず、試すようなまねをした。

それなのに白銀は決して欲望に負けなかった。いや、葛藤《かっとう》さえした様子も見せず、誰もいないところでさえ、彼は己《おのれ》の正義を貫《つらぬ》いたのだった。

白銀のことを考えると、かぐやの胸に温かいものが満ちる。

「だから会長には感謝しているんです……とても……」

「四宮……」

かぐやはこれからなにを喋るか考えていなかった。

人前でスピーチすることに慣れた彼女は、咄嗟に振られたときでも切り抜けるくらいのことは朝飯前だった。

それなのに今、かぐやはこれまで築いてきたセオリーを無視し、己の思いの丈《たけ》をただ叫ぶことしかできなかった。

「会長に比べれば私なんて浅ましい人間なんです。秀知院学園の生徒会長は、白銀御行、この人以外にあり得ません！」

「！」

壇上脇で聞いていた白銀も驚いている。

かぐや自身、衝撃を受けていた。まさか、自分が勝負の相手である白銀を応援するなんて……。

しかし、これは紛《まぎ》れもない本心なのだ。口から一度出た言葉は今更取り消せない。

「ん？　なんで相手のほうを応援しちゃってんの？」

かぐやの演説を聞いていた翼は柏木に確認した。

「いいから、黙って聞いてて」

かぶりつくように壇上を注目している柏木は、恋人の問いかけを一蹴《いっしゅう》した。

「かぐや様……」

演説を聞いていた早坂は、主《あるじ》の内心を想像し声を漏らした。

「もういい……やめろ！」

白銀はなおも続けようとするかぐやを遮《さえぎ》って、マイクを取り上げた。

「お前が浅ましい？　なに寝ぼけたこと言ってるんだ。お前は自分の良さをまったくわかっていない！」

「⁉」

思いがけないことを言われたという表情のかぐやに、白銀は説明した。

「四宮かぐや、お前はいつだって気高く美しい。それでいて、とても心の優しい人なんだ。俺はそれを知っている！」


ある日のことだった。

中庭のベンチで静かにかぐやが読書をしていた。

通りかかってたまたまその光景を見ていた白銀は、つい足を止めてしまう。

大量の鳩《はと》が、かぐやの頭の上や膝の上に乗っていた。

しかし、かぐやはそれを気にすることなく真顔で読書を続けている。

時間が止まったような光景だった。

そんなある日の出来事を、白銀は思い起こしていた。

真に美しいものを見たとき、人はそこに神々しさや超自然的な力を感じてしまうことがある。白銀がかぐやに抱く畏敬《いけい》にも似た思いは、きっと彼女の整った容姿や洗練された仕草が原因だとそれまで考えていた。

名家に生まれた四宮かぐやという少女は、他人を惹《ひ》きつけ従わせるためにそういった振る舞いを訓練して身につけたのだろうと思っていたのだ。だから、自分はこんなにも心惹かれて、目を奪われてしまうのだと──

だが鳩はきっと違う。鳩は人間の容姿や、礼儀正しい仕草になんて、これっぽっちも魅力を感じないはずだ。

その鳩がなんの警戒心も持たずに本を読むかぐやの膝に乗り、そして彼女もまたそれに気づいていないのを見て、白銀は自分が考え違いをしていたことに気づいた。

「俺には鳩は寄ってこない……！」

鳩は平和の象徴である。

計算や訓練では決して身につかない尊さを、白銀はかぐやの中に見いだしていた。

「会長……」

「お前に比べれば、俺なんてちっぽけなもんだ。秀知院学園の生徒会長は、四宮かぐや、この人以外にはあり得ない！」

「！」

かぐやは白銀を、白銀はかぐやを──

お互いが対立候補を推薦する異常事態。

「えっ？　うちっ、今なに見せられてんの？」

翼のつぶやきは、ある意味で生徒たちの気持ちを代弁するものだった。

だが、かぐやの恋愛相談を受けたこともある柏木にとっては、恋人の配慮に欠けた一言は神聖な儀式の途中で水を差されたにも等しいのだった。

我慢の限界。

「黙ってろっつってんだろこの野郎！」

「っ！　すみません！」

あまりの迫力に、翼はわけがわからないながらも背筋を正すのだった。

一方、壇上では白銀の演説がクライマックスに入っていた。

「四宮……!!　俺は、お前に生きてほしいんだ！　生き続けてほしいんだ！」

「え？」

「お前のその身体《からだ》じゃ……生徒会長はおろか、生徒会のどの役職だって耐えられない！　死んでしまう！　お前にはもう無理をさせたくないんだ！」

生徒会長だった白銀は誰よりも生徒会活動の過酷《かこく》さを知っている。

だからこそ四宮かぐやに生徒会活動を行わせないこと、まさにそのために白銀は生徒会長に立候補したのだ。

そのためならば、たとえかぐやに恨まれても構わないと白銀は覚悟していた。

「だから俺が会長にならなきゃだめなんだって！」

白銀の真意を知って、かぐやは耐えられなくなった。

「……違うんです。私が……倒れたのは……」

かぐやは田沼医師に告げられた言葉を思い出していた。


あの日、かぐやが倒れドクターヘリで運ばれたあと、診察室で田沼医師に告げられたのは、こんな言葉だった。

「恋の病《やまい》です」

真顔で田沼はそんなことをのたまった。

「恋⁉」

思わずかぐやは聞き返した。

「私も、三十年も医者をやっていてはじめての出来事に少し動揺しています」

精密検査の結果が表示されたＰＣ画面を見ながら、田沼は解説する。

「生徒会が終わり、もう好きな人と一緒にいられなくなるという思いが、胸を苦しめたのでしょう」

かぐやは頭がくらくらした。誰かに嘘だと言ってほしかった。

しかし、かぐやが待ち望んだ言葉はいつまでたっても訪れない。

「じゃあ、どうやったらこの胸の苦しみは治るんですか⁉」

現実を否定しても仕方ない。かぐやは冷静に対処法を知るべきだと判断した。

田沼は厳《おごそ》かに告げる。

「簡単です。また一緒にいられるようになれば治りますよ」

かぐやは田沼のその言葉を嚙みしめた。

「また一緒に……」


それが、かぐやが生徒会長に立候補した理由だった。

「……」

しかし、かぐやはその日のことを話す勇気が出せなかった。

「どうした？　四宮？」

白銀が顔を覗《のぞ》き込んでくる。

その言葉の奥にある心配にかぐやは気づいてしまった。

「わ、私が倒れたのは……す……す……」

「す？」

「す……」

言葉がつかえて、どうしても喉《のど》から先に出てこない。

「この流れならいける」

柏木は小さく拳を握りしめて応援した。

その声はかぐやに届かなかったが、気持ちはきっと伝わった。

「す」

かぐやは苦しんでいた。

そんな主の様子を見て、早坂は自然と手を組んでいた。

「かぐや様……頑張ってください」

「頑張って……」

柏木もいつの間にか祈るように両手を握りしめている。

「す……」

かぐやには絶対に誰にも話すまいと誓った秘密がある。

それを明かしてしまえば最後、彼女のすべてが彼に暴かれ、大切なものが根こそぎ奪われてしまうだろう。

だから、彼女からはそれを言わないと決めていた。

だけど秘密はもう、胸の奥にしまっておくには熱を持ちすぎていた。

取り出さなければ、火傷《やけど》してしまう。

打算よりも理性よりも熱くなった心に耐えきれず、かぐやは叫ぶ。

「好きだからなんです!!」

「⁉」

「好きだから倒れてしまったんです‼」

「‼」

白銀は一歩、二歩と後じさった。

かぐやから溢《あふ》れるエネルギーに押され、なにか神々しい存在に出くわしたように彼は気《け》圧《お》されていた。

また彼だけでなく生徒たちも動揺し、一瞬でざわめきが講堂に広がった。

「ついに告った……！」

柏木はかぐやの告白を聞いて、我がことのように喜んでいた。

「ブラボー！　かぐや様……！」

早坂などは感極まって涙を流している。

そしてかぐやは、一度溢れてしまった気持ちを心の中にとどめておくすべを知らなかった。かぐやは叫び続けていた。

「だから、離れると思うと胸が苦しくて耐えきれなくて。だから、立候補することにしたんです！　大好きだから！」

少しだけ非難の色が混じってしまう。

本当はかぐやは生徒会長に立候補なんてしたくなかったのだ。

白銀と一緒にいたい――それがかぐやの本心だった。

白銀がまた会長になってくれて、自分を選んでくれればいいのにと願っていた。

かぐやのことが必要だと白銀に言ってほしい。

彼に選ばれたい。

それがわがままだと知っていたから、自分が立候補するしかないと思ったのだ。

「!」

かぐやの思いを受けて、白銀はようやく大変なことになっていると理解した。

理解したはいいが、対処法がわからない。頭が真っ白になっていた。

かぐやはいつだって彼の目標で、倒すべき相手で、越えるべき大きな壁だった。

彼女に負けてはならない――その思いだけが、いっぱいいっぱいになった白銀の心にたった一つ残されたものだった。

「そ、そんなこと言ったら俺だって言う! 好きだ! 好きで好きで好きでたまらないんだ!!」

やられたらやり返す――そんな子供じみた考えから、白銀はついそんなことを口走っていた。

かぐやも負けじと叫び返す。

「私のほうが好きです!! 大好きです!!」

こうなるともう止まらなかった。

「俺のほうが好きに決まってるだろ！　大好きだ!!」

「好き、好き、大好きー！」

「好きだ、好きだ、好きだ、大好きだぁー!!」

そして二人はついに自分の気持ちを表現するのに、日本語だけではとても足りないと思い始めた。

「好き《テアモ》！（スペイン語）」

かぐやがスペイン語で好きと言えば、

「好きだ《ジュテーム》！（フランス語）」

白銀はフランス語で言い返す。

「好き《ウォーアイニー》！（中国語）」

「好きだ《サランヘヨ》！（韓国語）」

「好きよ《イッヒ・リーベ・ディッヒ》！（ドイツ語）」

「好きすぎる《ティアドーロ》！（イタリア語）」

「好きなの《オビチャムテ》！（ブルガリア語）」

「好きなんだ《ンダグクンダ》！（ルワンダ語）」

知りうる限りの言語で愛を叫ぶ。

お互いのすべてを出し切って、二人の体力も限界だった。

「はぁ……はぁ……はぁ……」

「はぁ……はぁ……はぁ……」

白銀とかぐやはついに息切れして、言葉が途切れた。

それでようやく彼らは周囲の生徒たちの視線に気づいた。

すべての視線が、白銀とかぐやを見守っていた。

途端に、全校生徒の目の前で告白してしまったのだと理解した。

「好きなんです……その、生徒会が」

咄嗟にかぐやの口から出てきたのは、そんな子供じみた言い訳だった。

「同じく、好きなんだ……だから、生徒会が」

白銀もそれに倣《なら》う。

それを聞いて、柏木と早坂はがくっと崩れ落ちた。

ここまでやっておいて最後の最後でおじけづく二人の臆病《おくびょう》さに、呆《あき》れかえっていた。

タイミングよく、生徒会の旗がばさりと落ちた。まるで戦前から続く秀知院学園代々の生徒会長たちが匙《さじ》を投げてしまったようであった。

「……！」

だが、そんなことは関係ない。

石上と藤原は、心からの拍手を送っていた。

彼らにとっては世間の評判など関係ない。

先ほどまでいがみ合っていた白銀とかぐやなのに、今は生徒会のことが好きだと言ってくれたのだ。

大切な人たちが仲直りできたことがなによりも重要なのである。

石上と藤原の大きな拍手につられるようにして、生徒たちの間にも拍手の輪は広がっていった。

「……」

「……」

当の本人、白銀とかぐやは自分たちの痴態を思い出し、気まずそうに顔を見合わせることしかできなかった。

最終話　『白銀御行は並びたい』

電光掲示板に選挙結果が表示されている。

『2票差で白銀《しろがね》御行《みゆき》の勝利！　白銀御行、301票。四宮《しのみや》かぐや、299票』

それを見て、白銀は冷や汗をかいていた。

「危なかった……」

そんな白銀に声をかける人影があった。

「白銀御行くんだね？」

振り返った白銀は目を見開いた。

「あなたは、あの有名な……」

ああ、と男はうなずいて、

「世界的ゴッドハンドの田沼《たぬま》正造《しょうぞう》だ。四宮家お抱えの医者だよ」

白銀は勢いよくうなずいた。

「はい！　『情熱大国』拝見しました！」

「君に伝えておかなければいけないことがある」

「？」

重々しい田沼の言葉に白銀は首を傾《かし》げる。

「このままでは、またお嬢様は倒れてしまう……」

「え⁉」

白銀は驚いて、田沼の言葉の続きを待った。

だが田沼はそれ以上なにも言わず、『情熱大国』のテーマ曲を口ずさみながら立ち去ってしまうのだった。

■■■

かぐやは生徒会室にやってきた。

なんだか、ずいぶんと久しぶりな気がする。

普段は何気なく開けていたドアをくぐるのにも、少しだけ勇気が必要だった。

「悪いな。わざわざ呼び出して」

白銀がかぐやを出迎え、小さく頭を下げた。

「いいえ……。会長、ご当選おめでとうございます」

かぐやのおそらくは悪意のない台詞《せりふ》に、白銀は苦笑した。

「僅差《きんさ》だったがな……。校長に言われてしまったよ。秀知院《しゅうちいん》学園史上、最も酷《ひど》い選挙だったと……」

それはそうだろう、とかぐやは思う。

今思い出しても、あれは酷かった。

だが、それもいつかは懐かしい思い出に変わる……のだろうか？

「……まぁ、でも、これで本当に私たちはお別れですね。大変お世話になりました」

敗者の作法くらい心得ている。

かぐやは頭を下げて、潔《いさぎよ》く身を引くつもりだった。

「……悪いが、お別れはしない」

白銀の言葉にかぐやは顔を上げた。

「え？」

「四宮、お前がまた副会長をやれ」

白銀の真《ま》っ直《す》ぐな視線を受けて、かぐやはたじろいだ。

「⁉　で、でも決して私を任命しないはずでは……？」

「お前はここにいなきゃ、また倒れちゃうんだろ？」

田沼医師が最後に言い残した言葉の意味――

それが白銀の導き出した回答だった。

「！」

かぐやは、自分の思いを打ち明けてさえ守り抜いた秘密を言い当てられたことに焦っていた。

白銀への思いを白状してしまった今でも、それだけは守り抜くつもりでいたのに。

敗北してさらに哀《あわ》れみをかけられるなど、四宮として培《つちか》ってきたかぐやの誇りが許さなかった。

「俺の側《そば》にいろ」

かぐやの戸惑いを感じ取りながらも、白銀は一歩も引かなかった。

哀れみはかぐやに厭《いと》われると知っているからこそ、あえて強い口調で命じる。

それこそが勝者の特権だろうとばかりに、悪役を演じる覚悟が白銀の強い眼光からは感じ取れた。

「……」

だが、それでもかぐやは折れなかった。

だから仕方ない。白銀のほうが折れることにした。

「お前にいてほしいんだ」

白銀は、これまでのすべてを思い出していた。

四宮家別邸をはじめて見たとき、高級車で送り迎えされる彼女の姿を遠目に見たとき、かぐやのことを雲の上の住人だと感じた。

だから、白銀は必死で背伸びをして、手を伸ばし続けた。

白銀には財力もない、運動神経もない、芸術的才能もかぐやのように誇れるほどのものは持ち合わせていない。

だから、白銀は自分に残された唯一の武器――勉強に全力を注いだ。

一位、白銀御行。

二位、四宮かぐや。

電光掲示板に表示された、たった二行のその文字が白銀の誇りのすべてだった。命を削ってまで手に入れた高みだ。

雲の上の住人に手を伸ばすには、彼女より一つでも抜きん出ていることがなければならないと考えたためだった。

四宮かぐやに並びたい――その一心で骨身を削った。

彼女より上に立ちたいとか、学校で一番の成績を取りたいというのは、あくまで手段でしかなかった。

白銀御行の本当の目的は、劣等感を感じず、かぐやの隣にいたいという、ただそれだけのことだったのだ。

そのためにならすべてを捨てても構わないと思っていた。

だが、いざ彼女に勝利してしまった今、上から命令したのではかぐやは従わない。

ならば自分が下りていこうと白銀は考えた。

みっともないかもしれない。けれども、きっとそれが自分の役割なのだと白銀は心得る。

そして、そんな白銀を見てかぐやの心は揺れた。

「会長……」

あれほどまで努力して手に入れた優位を、白銀は呆気《あつけ》なく手放した。

かぐやにはその意味がはっきりと理解できた。

大金を手にしながら一切迷わない彼の高潔さをかぐやは知っている。迷子の子供がいれば探さずにいられない優しさを知っている。

そんな彼だからこそ、勝者の特権をいともたやすく放棄してしまえるのだ。

白銀御行という男は、四宮という名家に生まれ育ったかぐやには、とても信じられないような存在なのだった。

かぐやは、まぶしいものを見るように白銀を見上げていた。

「ダメ……か？」

白銀はなおもそんなことを言う。

誰かが今の白銀を見たら女々《めめ》しいと笑うかもしれない。

だが、かぐやは笑えなかった。

ちっとも笑えなかった。

「……いいえ、喜んで」

かぐやは、心から白銀の言葉を受け入れた。

ようやく二人は、同じ高さで見つめ合ったのだった。

「……」

「……」

永遠にも等しい数秒間。

かぐやの頭脳はフル回転していた。

（え？　なに？　なんでそんなに見つめるの？　まさか、この展開は⁉）

白銀は心臓が早鐘《はやがね》を打ち始めたことを自覚した。

（いける……！　今ならいける気がする‼）

だが、白銀は動かない。かぐやはどうすればいいのか必死に考えた。

（そうよ、確か、こういうときはそっと目を……）

かぐやは静かに目を閉じた。

「！」

白銀はその意味を正確に理解した。

(来たぁ――――！　キスのウェルカムサイン!!　今だ、行け！　白銀御行！　行くんだ！)

白銀はかぐやの唇にゆっくりと顔を近づけた。

二人の距離が少しずつ縮まり、そして――

そして、あまりにも唐突に、生徒会室のドアが開かれた。

「やっぱここが一番落ち着きます！」

「いやぁ、また戻ってきましたねぇ」

藤原《ふじわら》と石上《いしがみ》だった。

白銀の再選により、彼らもまた生徒会の一員となったのだった。

「……」

「……」

絶妙のタイミングで邪魔されて、白銀とかぐやは固まっていた。

「ん？　あれ？　今二人なにかしようとしていました？」

なぜか藤原がくんくんと鼻を鳴らすようにしながら言う。

三度の飯より恋バナが好きな藤原は、恋愛のもつれた桃色の糸を解《と》きほぐすラブ探偵だと自称している。

「まさか……」

妙に鋭い石上がなにかに気づいたように声を上げた。

白銀とかぐやは焦りながら、同時に否定した。

「ち、違うよ」

「ち、違いますよ。神聖な生徒会室でそんなはしたないこと」

藤原は慌《あわ》てる二人の様子が面白かったのか、朗《ほが》らかに笑った。

「はいはい、またいつもの喧嘩《けんか》ですね」

ピーと笛を吹きながら、藤原は言う。

「仲良し警察です！　喧嘩する子は逮捕ですよ～。ほら、仲良く仲良く♪」

これこそが仲良しの作法だというように、藤原は二人の背中をぽんと押した。

「あ」

石上が間抜けな声を上げた。

「え？」

藤原が目を丸くした。

「！」

藤原に押された弾みで、白銀とかぐやの唇が重なっていた。

二人は同時にぱっと離れた。

「……」

「……」

気まずい沈黙が生徒会室におちた。

だが、かぐやはこっそりとほくそ笑んだ。

(会長……。ずいぶんと演技派ですね。この私が気づかないとでも？　藤原さんに押されたあの一瞬——)

『ほら、仲良く仲良く♪』

藤原が押す手。

(その勢いを利用して〝あえて〟この私の唇に……)

白銀は藤原の手に押されるようにしながら、その実、冷静に観察すれば明らかに意図《いと》的な動きでかぐやに接近した。

記憶力に優れたかぐやは、まるで動画を再生するように正確にそのときの光景を思い出すことができるのだった。

(そんなにこの私とキッスがしたかったのですね……お可愛《かわい》いこと)

子供のように浅はかな白銀の行動を思い返し、かぐやは笑った。

一方、白銀も——

(四宮……。この俺が気づかないとでも思ってるのか。俺が四宮へ飛び込んだあの一瞬――)


白銀は気づいていた。

かぐやの顔が目前に迫ったその瞬間、

(唇が当たるよう、お前は〝あえて〟背伸びをした)

キスしたという事実よりも、かぐやの積極性を思い返し、白銀は笑った。

(そんなに俺とキッスがしたかったんだな。可愛いヤツめ)


白銀とかぐやは、共に笑いあっている。

そこには、互いこそが自分の上だと認識を改め、敗北者としての立場を甘んじて受け入れた先ほどまでの二人はいなかった。

相手よりも少しでも優位に立とうとする、数日前までの二人の姿がそこにあるのだった。

白銀とかぐやの戦いは、今日も続く。

きっと明日も、明後日《あさって》も。

二人はお互いだけを相手に、二人だけの戦いを続けることだろう。

――もし貴殿が気高く生きようというのなら、決して敗者になってはならない。

恋愛は戦《いくさ》。
告白したほうが負けなのである。

fin

※この作品はフィクションです。実在の人物・団体・事件などにはいっさい関係ありません。

集英社オレンジ文庫をお買い上げいただき、ありがとうございます。
ご意見・ご感想をお待ちしております。

● あて先
〒101-8050 東京都千代田区一ツ橋2-5-10
集英社オレンジ文庫編集部 気付
羊山十一郎先生／赤坂アカ先生

映画ノベライズ
かぐや様は告らせたい ～天才たちの恋愛頭脳戦～

集英社 オレンジ文庫

2019年9月11日 第1刷発行
2019年10月9日 第2刷発行

著者 羊山十一郎
原作 赤坂アカ
映画脚本 徳永友一
出版コーディネート TBSテレビ事業局 映画・アニメ事業部
発行者 北畠輝幸
発行所 株式会社集英社
〒101-8050東京都千代田区一ツ橋2-5-10
電話 【編集部】03-3230-6352
【読者係】03-3230-6080
【販売部】03-3230-6393（書店専用）
印刷所 大日本印刷株式会社

※定価はカバーに表示してあります

ISBN 978-4-08-680271-0 C0193